TEXTOS CRUÉIS DEMAIS
PARA SEREM LIDOS RAPIDAMENTE
ONDE DORME O AMOR

Copyright © 2019 by Editora Globo S.A.
Copyright do texto © 2019 by Textos Cruéis Demais

Todos os direitos reservados. Nenhuma parte desta edição pode ser utilizada ou reproduzida—em qualquer meio ou forma, seja mecânico ou eletrônico, fotocópia, gravação etc.—nem apropriada ou estocada em sistema de banco de dados sem a expressa autorização da editora.

Editora responsável **Veronica Gonzalez**
Assistente editorial **Júlia Ribeiro**
Texto **Igor Pires, Letícia Nazareth e Malu Moreira**
Capa e diagramação **Gabriela Barreira**
Revisão **Milena Martins**
Ilustrações **Julio Almeida**

Texto fixado conforme as regras do Acordo Ortográfico da Língua Portuguesa (Decreto Legislativo no 54, de 1995).

CIP-BRASIL. CATALOGAÇÃO NA PUBLICAÇÃO
SINDICATO NACIONAL DOS EDITORES DELIVROS, RJ

S58t

      Silva, Igor Pires da
Textos cruéis demais para serem lidos rapidamente : onde dorme o amor / Igor Pires da Silva, Letícia Nazareth, Malu Moreira ; ilustrações Julio Almeida ; capa e diagramação Gabriela Barreira. - 1. ed. - São Paulo : Globo Alt, 2019.
      256 p. : il. ; 21 cm.

ISBN 978-85-250-6665-7

      1. Poesia brasileira. I. Silva, Igor Pires da. II. Nazareth, Letícia. III. Moreira, Malu. IV. Almeida, Julio. V. Barreira, Gabriela. VI. Título.

19-54624   CDD: 869.1
          CDU: 82-1(81)

1ª edição, 2019 - 17ª reimpressão, 2024

Direitos de edição em língua portuguesa para o Brasil adquiridos por Editora Globo S. A.
Rua Marquês de Pombal, 25
20230-240 — Rio de Janeiro — RJ — Brasil
www.globolivros.com.br

onde dorme o amor é pra quem esteve por muito tempo à procura dele. olha. vê. seu corpo regenerado é exatamente como ele. você levantando da cama depois de um dia difícil é exatamente ele. o simples ato de tentar é ele, o amor, em sua plenitude. o amor dorme contigo porque ele é, sobretudo, você. porque, por mais distante que você esteja da cura e do perdão, há um caminho lindo e recompensador bem à sua frente. você só precisa ver.

do perdão 9
da cura 63
do amor 133

do perdão

são as rachaduras na terra
que fazem os rios
se tornarem grandes

onde dorme o amor

constelação

que o universo não me perdoe
por tentar com tanta força
ser feliz.

onde dorme o amor

atrito

não tem como estender bandeira
pedir paz
fazer as pazes
dar as mãos
tentar qualquer compreensão
com alguém que feriu
e permitiu que a ferida
fosse casa pra jardins maiores

nenhuma amenidade
cabe no abraço entre
a mão e o espinho.

onde dorme o amor

despedida

hoje gosto de lembrar de quando te vi partir
levando com você o seu gosto de cigarro
suas mãos que conheciam todos os meus caminhos
seu corpo quente que encaixava no meu
e todas as minhas esperanças de que um dia, quem sabe,
você me amasse também.

gosto mais ainda de lembrar de quando você tentou voltar
e eu disse não
porque não queria ser mais um corpo na sua lista:
um depósito
uma lembrança remota.

você foi embora pela última vez
quando eu já remendava sozinha minhas cicatrizes
e era capaz de ser forte
a ponto de não permitir que voltassem a arder
por sua causa.

textos cruéis demais para serem lidos rapidamente

foram segundos, minutos, horas, dias, meses
um ano
até que eu esquecesse do tom exato dos seus olhos
da sensação da sua boca tocando partes inexploradas
do meu corpo
das suas histórias
nunca reconhecidas como verdadeiras
nem como inventadas.

apesar de tudo
eu me esqueci de você
e foi melhor assim.

engolindo toda a dor e todo o medo
eu segui.

me tranquiliza saber que você fez o mesmo.

onde dorme o amor

bandeira branca

te isento da culpa porque o maior milagre do perdão acontece em nós. porque recuperar memórias é reviver momentos, e eu precisava parar de repetir a queda. porque, quando deixei você voar com todas as lembranças ressentidas, sobrou espaço pra coisas novas. e pro que era bom. e sobrou espaço pra que meus olhos admirassem a beleza que existiu quando você foi o ponto mais alto da minha vida. sobrou espaço pros dias em que você ainda era um protótipo de paz.

te isento da culpa porque o amor nem sempre vem vestido dos mesmos adjetivos, e o seu veio com um véu de covardia. você não foi cruel por ter um jeito de amar diferente do meu. às vezes um passo é o máximo que os nossos pés aguentam. os meus aguentariam milhares de quilômetros se eu não tivesse que carregar você com todos os seus pesos.

te isento da culpa também por todas as vezes que você achou que não carregá-los era o meu desamor por você.

textos cruéis demais para serem lidos rapidamente

na verdade, era o meu amor por mim mesma.

te isento porque ninguém é obrigado a encarar as profundezas de alguém. porque não querer ir além não te torna fraco. porque a sua covardia pode ser o defeito que sustentou todas as outras partes.

o amor não nos torna escravos. amar não é ir até onde não se aguenta mais. se preferem dizer que o melhor de amar é fazer tudo pelo amor, isso inclui saber quando ir. e você soube.

te isento da culpa porque o fim, apesar de ter doído, preservou.
a história.
a memória.
nós.

onde dorme o amor

ponto de vista

o que te faz acreditar
ser melhor que alguém
só porque você
erra diferente?

onde dorme o amor

não era pra sempre

o dia em que você foi embora sem sequer me olhar nos
olhos foi quando eu entendi que não deveria mais
insistir no que não existia.

porque eu te amei.

te amei pelo seu jeito,
pelo tom da sua voz
pelo seu beijo.

quis passar tantas e tantas noites te fazendo cafuné
enquanto você contava suas histórias no meu colo.

eu quis te namorar.

mas, pra você, eu era uma distração
alguém com quem gostava de conversar.
você gostava do meu beijo

textos cruéis demais para serem lidos rapidamente

do jeito que nossos corpos se esquentavam
quando perto um do outro
antes mesmo do toque.
era apaixonado, no máximo
pelo prazer que eu poderia te proporcionar.

e você realmente não era obrigado a me amar como
eu te amei.
não mesmo.

eu é que deveria ter te perguntado antes
assim, quem sabe, poderia ter evitado as humilhações
e todas as vezes em que me senti
exposta, frágil, pequena e inútil
por sentir tanto por alguém que não poderia me retribuir
e nem precisava.

eu teria evitado o dia em que você viu as lágrimas
correndo pelo meu rosto e tentou me beijar como se
isso fosse diminuir a minha dor
e tudo que fiz foi chorar ainda mais.

por fim, você desistiu, virou as costas e partiu
e foi naquele momento que eu entendi que jamais
poderíamos continuar juntos.

que aquele sentimento imaculado e puro, capaz de me
fazer sonhar com dias melhores
perto de você,
já não existia mais, nem mesmo em mim,
não do mesmo jeito.

onde dorme o amor

foi assim que aceitei
– a contragosto –
a dor que a sua partida me causou.

no começo, eu me fechei
pra esperar que aquela raiva inevitável de você
fosse capaz de dar lugar ao perdão.

permiti que os meses se arrastassem
e fui me acostumando com a minha própria presença,
cada vez mais marcante na sua ausência.
fui cultivando meus hábitos solitários, descobrindo
novos livros, novos filmes
novos passeios com novas pessoas
experimentando outros gostos.

e depois

quando senti que tinha me libertado de você
que as memórias já não eram capazes de me apavorar tanto
fiz questão de te ver.

olhei bem pros seus olhos e vi que você queria
o que tínhamos antes.
ainda que você não dissesse uma palavra a respeito
o desejo ardia no seu rosto
mas não no meu.

tudo o que senti foi alívio por não te amar mais
por não sentir muito além de indiferença e do desejo
de que você seguisse sua vida

textos cruéis demais para serem lidos rapidamente

bem. tranquilo. leve.
e talvez com outra pessoa, se assim você quisesse.

com os meses, as dores passaram.
ficaram as lembranças
e a convicção de que mágoas e tristezas
que parecem eternas
não duram pra sempre.

onde dorme o amor

supermercado

você começa perdendo os dentes logo na infância
porque a vida precisa, desde cedo, te ensinar sobre ciclos
sobre o que a gente precisa abandonar pra dar lugar
a passagens maiores e mais saudáveis.

depois, você se perde de vista da sua mãe
suas mãos se desencontram das dela
e de repente você já não sabe como encontrá-la.

quando a pele vai ganhando camadas
e os pensamentos vão ficando
cada vez mais complexos
ela não está ali pra dizer que você está crescendo
ela não está ali pra te dizer que o mundo
está exercendo o poder dele
sobre seus ombros
e que a vida está te ensinando
a viver por conta própria

textos cruéis demais para serem lidos rapidamente

e você perde não só quem julgava importante
mas também quem, de uma maneira ou de outra,
alimentou seu coração com expectativas falsas
e projeções desonestas.

você agradece a perda, às vezes,
e é através dela que passa a vê-la como ganho

você perde aquele amor que julgava essencial e,
depois de meses latejando na memória,
um dia, como num passe de mágica, seu organismo entende
que aquele corpo estranho já não precisa estar ali

você perde pessoas que deitaram na mesma cama que você
te olharam nos olhos, fizeram promessas
quantos filhos?
te vejo semana que vem?
eu amo você
pra no outro dia você descobrir
que perdeu
e continua perdendo

perde a fala
a conversa
o cheiro do pescoço
perde o afeto que existia entre vocês
e a maneira de estabelecer a amizade
perde a conexão, os momentos de prazer
os filmes favoritos dos dois
e os planos, as palavras no ar querendo
dizer mais alguma coisa

esse é o seu momento de dizer qualquer coisa

porque você perde pessoas
mas o que quer dizer a elas
fica entalado na garganta

e fica, na garganta e no peito, *tanta coisa*

voltar pra cama depois de perder o dente
e guardá-lo debaixo do travesseiro
é similar a perder alguém
e querer colocar todas as memórias
debaixo da cama
debaixo da pele
da camada mais protetora
do coração: querer acreditar
que do luto e da perda
conseguirá extrair uma vitória

porque a gente perde
cada vez que cresce
e o corpo ganha
forma
significado
cada vez que passamos a ver o mundo
com olhos desacreditados
com a desconfiança
de quem sabe
que uma hora ou outra, vai perder
o dente
a mãe
o amor

textos cruéis demais para serem lidos rapidamente

e tudo o que a vida, silenciosamente, vai colocando
no nosso caminho

pra aprendermos.
ou não.

onde dorme o amor

when the party's over

você se acostuma a ver as pessoas indo. e elas sempre vão.
já não fazem esforço pra ficar. passam, trocam palavras
e vão. me pergunto pra onde, porque estão sempre
apressadas. olham nos olhos. pedem qualquer coisa. e
vão. você se acostuma a acordar no dia seguinte e nada.
nenhuma mensagem. nenhum adeus. nada que sobre e
que fique estalando na memória. seria mais fácil se tivesse
um fim. mas às vezes não tem. às vezes, quem recria um
possível fim é você. e o quão doloroso isso é, recriar
um possível fim. recriar, porque o fim não veio. porque
não foram capazes de entregá-lo a você. porque a única
sensação entregue foi a de abandono. a partida. a certeza
do nunca mais. você se acostuma a ver as pessoas indo. e
um dia, quando alguém vem pra verdadeiramente ficar,
você, acostumada a ver todos irem, só abre a porta e faz
um audacioso convite: *não quer ir embora também?* você
não acredita que esse alguém vá ficar. e ele até ficaria –
esse sim. mas não ficou. você o recebeu com prazo de

validade. com as portas já abertas. com os olhos mirando a despedida. você o recebeu com trauma, já dizendo que seria impossível dar certo. e foi isso que aconteceu. mas ainda existe uma lição: quando o próximo vier, não levante a guarda. não abra as portas e o convide pra ir embora. não se feche assim pro amor. não se feche para a dor que pode pairar sobre a sua cabeça também. e o mais importante: não se defenda de sentir tudo ao mesmo tempo, ainda que depois não reste nada. nem ninguém.

onde dorme o amor

reticências

parte 1

do banheiro, você gritava algumas coisas sobre quem me tornei. *dois extremos,* muito boa ou muito ruim. muito o que eu gosto de ser ou muito o que você quer que eu seja. eu quis gritar. ir embora me fez grande demais e as roupas que eu vestia pra te agradar já não me cabiam mais. mas aquele sorriso de satisfação sempre pareceu verdadeiro. eu vivia tão mascarada dos trejeitos que você apreciava que nem percebeu.

gostaria que tivesse me escutado quando eu falava baixinho sentada no fundo de casa. hoje não abaixo o tom quando você altera o seu. você me chama de rude e eu lembro das tantas vezes que fui rude comigo porque aprendi que deveria ser a minha melhor versão possível com você. *o meu amor deve ser paciente.* eu respirava fundo e engolia o nó que trancava o ar na minha garganta.

o meu amor deve ser bondoso. eu cumpria os afazeres minuciosamente pra que você encontrasse tudo pronto. *o meu amor não deve procurar meus interesses.*

eu engolia os meus sonhos e ambições porque eles entravam em conflito com a sua paz. *o meu amor tudo suporta.* eu suportava o peso da relação e todas as suas pendências. eu servia, sozinha, de amparo pra uma terra que estava sempre prestes a desabar. *o amor não guarda rancor.*

mas de repente eu não coube no casulo que você construiu. e a liberdade ressignifica conceitos e visões. foi isso, apenas isso. foi o amor que você me ensinou se ajustando ao que colidiu em mim. foi a paciência e a bondade que eu sempre dediquei a você, direcionadas a mim também. foram os meus interesses assumindo o controle dos meus atos de forma que eu estivesse cada vez mais perto de concretizá-los. foi o perdão que eu nunca consegui te conceder.

mas perdoar seria não sentir de novo os seus furores? ou senti-los de novo sem doer? seria rasgar as suas fotos? devolvê-las encarando o fato de que pra isso eu teria que te encarar? ou deixá-las no fundo da gaveta e recuperar a memória sempre que eu sentisse saudades? perdoar seria parar de ter náuseas toda a vez que eu sinto o cheiro do seu perfume? seria ser indiferente a ele? ou aproveitar pra relembrá-lo? perdoar seria ver as fotos e sentir o cheiro mesmo que doesse até que não doesse mais? seria te humanizar mesmo quando você pareceu desumana?

não te perdoar é a minha humanidade?

parte 2

parei de tentar encontrar a solução pra como iríamos continuar depois de tantos espaços frios que você deixou em mim. o ato de se relacionar constrói a pessoa dentro de nós. o espaço ocupado por você geava, mas não danificava só aquele ponto. me danificava inteira.

eu entendi que aprenderia a me relacionar com você apenas quando aprendesse a me relacionar comigo mesma, porque isso me faria traçar pontos e limites. você não determinaria mais em que estação meu peito se encontraria. eu, sim.

entendi que perdoar não seria a sua libertação. seria a minha.

recuperei a sensibilidade que o tato vai perdendo porque a pele começa a ficar grossa demais e os receptores, menos precisos. e entendi que existe um processo lento até que essa percepção volte. e que os caminhos que os neurônios fazem vão sempre passar pelo seu cheiro e pelas suas fotos.

pode ou não doer pra sempre. mas a viagem continua. as mágoas não determinam minha história.

você não é meu ponto final.

onde dorme o amor

como quem arranca um curativo

não que um dia você tenha me pedido perdão,
mas eu te perdoo.

eu te perdoo por todas as vezes que você me deixou
sangrando e não usou um curativo pra aliviar a dor.

pelo dia em que você me viu chorando e, por medo de
me encarar assim, virou as costas e simplesmente partiu.
por tentar voltar quando tudo que eu menos queria era
te ver de novo, quando você sabia que só estar perto de
você já me faria muito, *muito* mal.

te perdoo por não ter se afastado e ter insistido no vazio,
por ter nos transformado em um *hobby*,
por não ter sido honesto,
por não admitir que ansiava pelo fim.
te perdoo por ter feito do pouco tempo que nos restava juntos
um sofrimento lento.

textos cruéis demais para serem lidos rapidamente

você talvez nem se lembre de nenhum desses momentos
talvez nem saiba de tudo que me fez sentir
mas ainda assim, te perdoo
porque eu não quero sentir raiva.

porque eu preciso perdoar pra arrancar de mim
o pouco que restou de você

de uma vez só

como quem arranca um curativo e já não precisa
recolocá-lo
porque a pele se regenerou.

agora, meu coração está finalmente curado
e tudo que espero de você
é que seja feliz.

onde dorme o amor

partidas

te deixar sair da minha presença
foi doloroso demais
mas dar tchau pra você do meu corpo
foi como ser esvaziado
de sentimentos que eu nem sabia que dançavam aqui.

onde dorme o amor

da alma um país

não quero te deixar como quem faz as malas,
prepara a alma
e vai viver em um novo lugar
esquecendo da origem definitivamente, como se ela
nunca tivesse existido.

não quero ir embora sem deixar marcas
nem seguir a vida sufocando as lembranças que você
deixou e ignorando tudo aquilo que trouxer seu rosto
à mente.

*quero recordar, sempre, ainda que as memórias antigas
tragam um gosto amargo da vontade do que não se pode
ter mais.*

não quero esquecer porque parte de você agora me habita.
porque, quando as nossas existências se cruzaram,
transformamos as nossas histórias

textos cruéis demais para serem lidos rapidamente

porque a sua passagem pela minha vida
fez de mim outra pessoa
e da minha alma um novo país
desconhecido
que, só agora, exploro
cidade a cidade.

onde dorme o amor

felicidade

sempre entendi a frase "você é o seu pior inimigo",
porque a cobrança pra que eu fosse *melhor* sempre veio
primordialmente de mim.

> *eu não queria ser só uma boa pessoa.*
> *queria ser a melhor do mundo.*

quando cometia um erro qualquer, passava dias e dias
revivendo-o, pensando nas palavras que deveria ter dito,
na melhor maneira de me expressar, na resposta certa
que agora parecia tão óbvia.

eu não conseguia me livrar da culpa.
achava sempre que deveria, pelos meus esforços
incansáveis, conseguir tudo o que eu ainda não tinha.
e o que eu tinha nunca era suficiente.

eu não sabia esperar.
tudo o que mais desejava eram resultados imediatos,

textos cruéis demais para serem lidos rapidamente

que me levassem do agora ao paraíso
em no máximo um minuto.
não compreendia o que eu era, sentia ou fazia.
além disso, havia *ingratidão*
porque eu não conseguia apreciar o tanto que já estava
em minhas mãos,
pensando no que ainda não tinha a chance de tocar
e talvez nunca tivesse.

hoje
me perdoar quando os planos saem do controle
ainda é um exercício diário
não é simples, nem fácil
mas é o que preciso pra me manter sã.

depois de me decepcionar com minhas expectativas altíssimas,
aprendi a valorizar tudo o que tenho
desde o que eu mesma conquistei até o que me foi dado.
desde a caneta com que agora escrevo este texto
até os poucos (e valiosos) amigos que tenho.

ainda quero muito. *sempre tive sonhos gigantes.*
mas sei que já possuo tudo o que preciso pra ser feliz.

que eu, finalmente, me permita ser
*e descubra as preciosidades escondidas nos pequenos
detalhes da vida.*

onde dorme o amor

o que eu diria para o meu corpo

queria te pedir perdão
por todas as vezes que te transformei
numa área em conflito
por colocar as mãos em você de maneira tão despretensiosa
que não me dei conta
de que você é o que de mais bonito existe no mundo.

pelas vezes que chorei por não te ter como ideal ou bonito
e pelas vezes que ousei te agredir verbalmente
e com atitudes tão desesperadas de te fazer melhor que
não percebia
que estava piorando aquilo que era
a sua função primordial: me proteger de todas as
quedas, arranhões e ataques externos.

queria te pedir perdão por todos os dias
que te olhei com maus olhos
tanto que seria capaz de nunca mais olhar com amor
ou apreço

textos cruéis demais para serem lidos rapidamente

– porque essas sensações me parecem grandes demais
e eu às vezes te acho pequeno –
e implorar pra que me perdoe
pois no fundo percebo que tudo que você quer
é me deixar confortável na superfície da vida.
que quer me tornar um ser humano incrível
ainda que com todas as falhas que insistem em dialogar
comigo.

*te peço perdão por exagerar nas tentativas de me desfazer
de você*
e de te colocar pra baixo sempre que vejo outros como você,
quem sabe mais bonitos e agradáveis
e por desejar, tão veementemente, ser como eles
a ponto de deixar que você não exista em mim
e não me sustente.

pelas vezes que desejei qualquer outro que não você
eu me desculpo

e pelos possíveis traumas que minhas mãos ocas e vazias
te causaram
pela minha falta de sensibilidade em te perceber tão frágil
e por não compreender o milagre que é saber que você existe
e consegue se movimentar com tanta vontade.

te peço perdão por ser tão distraído que nunca entendi
o esforço que você faz pra que eu não tropece
nas minhas próprias fraquezas,
pra que eu continue respirando e experimentando
o ar limpo
da cidade
e do amor.

onde dorme o amor

te peço perdão por tentar tão avidamente
deslocar meus pés na direção contrária à que você me leva
pelas vezes que duvidei da capacidade que você tem
de me manter de pé
pelas vezes que desgostei de tantas curvas e cicatrizes
que você desenhou em mim pra me diferenciar dos
outros, pra me tornar único e especial.
perdão, porque, ao te olhar,
seria capaz de não gostar de mim
e tem ato mais terrível e desesperançoso
do que não gostar do que se vê?

te peço perdão por nunca ter te visto com olhos tranquilos,
olhos de quem observa beleza ainda que em momentos difíceis,
e por estar sempre tão apressado que perdi você crescer
ficar mais forte
e firme.

peço perdão por todos esses anos duvidando
que existisse beleza, afinal, em tudo que sempre disse
não ter:

olhos, boca, rosto, pernas, pés, cabelo

e por tentar mudá-los ou melhorá-los
como se eu pudesse colocar a mão na minha essência
e na minha luz
e conseguisse fazê-las voltar atrás.

perdão por querer voltar atrás muitas vezes
por não te ouvir
te perceber
te enxergar
e por chegar aqui, neste texto, tão tardiamente.

onde dorme o amor

autoperdão

não faz muito tempo que entendi
que não precisava ser tudo aquilo que esperavam de mim.
que olhei pra trás e vi os tantos erros que já cometi
e admiti ter magoado tanto pessoas que amo profundamente
apesar de ter me arrependido
todas as vezes.

não faz muito tempo que parei pra me observar
e descobri dentro de mim os defeitos
que ainda não sei como mudar
e que agora então aceito e engulo como quem precisa
tomar um remédio qualquer
esperando que as dores passem.

eu vi de perto as chances que desperdicei por medo
e soube que fiz o que pude
ainda que não o que gostaria de ter feito.

textos cruéis demais para serem lidos rapidamente

eu escavei o passado com tudo o que fui
e o presente com tudo o que sou,
e ainda que não concordasse com todas as minhas ações
muito menos com todas as partes de mim
fui capaz de me perdoar
pelos erros antigos
pelas inseguranças atuais
por tudo o que não pude controlar
e por tudo o que ainda hoje não consigo modificar.

eu me perdoei
porque percebi que mereço o meu amor
o meu cuidado
e o meu respeito,
e esse foi o perdão mais bonito que eu já experimentei.

onde dorme o amor

rachaduras e grandezas

eu vi o perdão
quando despreguei meus dedos da ferida
quando meus olhos
buscaram outra perspectiva.
olhei por outro ângulo
e vi que existia beleza
além das ervas daninhas
das quais eu não tirava o olhar.

eu vi o perdão
quando percebi que existia
um quintal inteiro de flores e grama verde
regadas em todas as vezes que eu chorei
enquanto a lembrança queimava
e se perdiam os detalhes das memórias que seriam irrecuperáveis,
que nem mesmo as cartas e fotos no fundo da gaveta
trariam de volta.

textos cruéis demais para serem lidos rapidamente

eu vi o perdão quando não houve culpa
por se perder o gosto do riso,
a paz do olhar na pele,
o barulho ameno das palavras não ditas,
mas entendidas.

quando eu parei de tentar não perder as memórias.

o perdão veio quando reconheci
quem me feriu como um trabalho em andamento.
como alguém que também já foi quebrado.
como alguém que também lida com os ciclos e,
depois de uma primavera colorida
e um verão iluminado,
encara um outono seco
e um inverno tortuoso de noites longas
nas quais não encontra
nem a sua própria sombra.

o perdão veio quando,
sabendo da minha tendência humana
ao erro,
o humanizei.

senti a paz do fim quando entendi
que são as rachaduras na terra
que fazem os rios se encontrarem
fluírem
tomarem novas direções
levarem vida a lugares onde outrora não havia.

textos cruéis demais para serem lidos rapidamente

eu senti a paz do fim quando entendi:
são as rachaduras na terra
que fazem os rios
se tornarem grandes.

onde dorme o amor

sobre o que é divino e me alcança

invade meus poros
dança no meu sangue
me chama pra respirar
me coloca debaixo da sua graça
protege minha memória mais afetiva
põe meu peito pra dormir em braços confortáveis
sussurra que vai ficar tudo bem
pega minhas mãos, me olha nos olhos
alerta que o caminho não será fácil
mas que passarei por ele da maneira mais forte
e resiliente possível
porque é isso que ele me dá diariamente
resiliência
e fé.
invade meus poros
dança no meu sangue
é um convite pra eu sentir
o vento me dizendo
que toda dor irá embora depressa
e eu sinto.

onde dorme o amor

matéria-prima

um atrito entre duas pedras e faz-se luz.
os atritos, obrigada por eles.
você me fez acender até onde eu sequer sabia que existia
vida em mim.
me fez pegar a matéria-prima ruim e transformá-la
em algo bom.

digitais

é imprescindível limpar
as mãos antes de tocar
em alguém
antes de acender
o primeiro beijo
antes de dar o último
e nunca mais voltar.

sem título

não te desejo mal. desejo que você se case. tenha filhos. faça o mestrado e doutorado que tanto quis. que vá para as Antilhas. que conheça o grande amor da sua vida. que seja o próprio amor da sua vida. que descubra novas formas de pedir perdão. que tatue a palavra *lealdade* no peito pra não esquecer nunca. que tenha mais tempo pra escrever. que me escreva um e-mail contando que a vida está mais leve. o trabalho fluindo. deus conversando com você à meia-noite de uma terça-feira. te desejo dias calmos, sem cobrança. dias onde a mágoa decide ficar do lado de fora de casa. dias em que a tempestade não faça barulho algum que é pra não acordar as crianças que dormem na sua cama. desejo que você amadureça, mas não faça disso uma busca incansável. que volte a andar de bicicleta. que dê risada até perder o ar em semanas em que a tristeza parece vencer o jogo. que não te falte autoconhecimento e descoberta. que ganhe na loteria. compre dois balões mesmo que não saiba como e quando

textos cruéis demais para serem lidos rapidamente

usá-los. que viaje para a África. enfrente leões e elefantes. descubra-se revigorado e cheio de amor pra doar. que tome porres até não querer mais. que quebre a cara. mas que tente de novo e de novo e até faltar o fôlego. desejo que você não recupere o ar tão cedo. que viva na adrenalina de sentir qualquer mínima coisa, pra descobrir depois que a opacidade do mundo é confortável demais pra quem quer ser luz. que você se case. com seu próprio coração. que seus filhos, se existirem, saibam o tamanho da sua coragem ao abrir mão de mim. que os ambientes te consolem por você ser tão grande. *há pessoas que não cabem na existência. te desejo tudo imenso, porque eu não soube ser.*

da cura

que susto será pra você
compreender que a vida
não só andou depois de
nós: ela saiu dançando.
e eu fui junto.

onde dorme o amor

sobre sempre irem

já não me surpreendo
quando alguém vai embora

às vezes até abro a porta.

onde dorme o amor

inflamação

já vivi algumas histórias.
sei que nem sempre teremos onde nos esconder quando
a tempestade vier.
nem sempre existirá uma árvore alta pra impedir que
nossos pés entrem na correnteza.

enquanto escutarmos os trovejos
enquanto virmos os raios
vamos querer o ponto mais baixo e nos sentiremos
inseguros nos nossos pontos de escape.

já vivi algumas histórias.
sei que há diversas formas de ser destruída e que,
dependendo de como vem a catástrofe, o lugar que
outrora nos atraiu como refúgio não terá um sinal de
vida sequer.

então estaremos perdidos.

textos cruéis demais para serem lidos rapidamente

e eu sei que pode não haver espaço nos mesmos barcos depois que o furacão acalmar.
e que poderemos ser salvos por coisas diferentes.
e que talvez não queiramos mesmo nos reconstruir no mesmo lugar.

sei que o perigo é iminente, mas viver é deixar que coloquem o dedo na ferida aberta, e só assim ter a possibilidade de ser curado. é uma probabilidade de pender ora para o lado bom, ora para o lado ruim.

um passo em falso e podemos ser destruídos. mas a ferida está latejando, de qualquer maneira.

o risco é se ferir.
só que você já está ferido.

o máximo que pode conseguir é a cura.

onde dorme o amor

prioridade

quantas vezes você provou sua lealdade a alguém sendo desleal consigo mesmo?

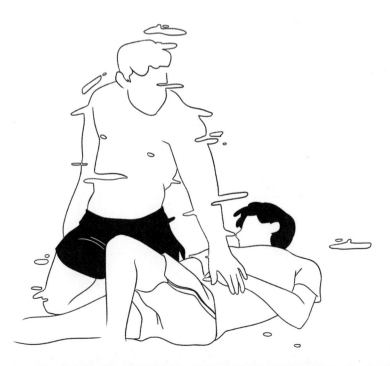

onde dorme o amor

maré alta

você irá embora por amor a sentimentos
que não sabia que existiriam dentro de você
e entenderá: nada é mais importante do que manter
os pés no chão e o coração descansado.

você irá embora por amor a sensações que mal sabia que
cabiam no seu peito: *paz e calmaria*
porque outros já te amaram
mas com tamanha força que você poderia
se desintegrar inteira
e você, agora, não quer nada assim
você quer algo leve, que te traga pra perto sem sufocar.

você irá embora porque o desconforto
cresceu dentro da sua barriga
e não existe nada pior do que a existência do amor
junto a sensações tão horríveis
que seriam capazes de te fazer vomitar.

textos cruéis demais para serem lidos rapidamente

você irá embora porque cada silêncio entre vocês
é como um soco na cara
e você, cansada dos socos, entende que nada
vale a certeza de olhos bem abertos e a boca
em estado de calmaria: nada pode tirar de você
as noites de sono saudável.
nada deve tirar de você a garantia de um presente
estável e em conformidade com aquilo
que você lutou pra ser.

você irá embora porque chamou isso de amor
e às vezes se questiona se é amor mesmo
se é qualquer coisa próxima ao amor, porque,
se for, ainda está valendo
mas qualquer coisa próxima ao amor, como súplica
ou vontade,
já não é amor
é outra coisa

e você entendeu que "outra coisa" não vale mais.
não sacia a garganta
não liberta os braços
não faz ficar.

você irá embora porque, ao acordar, perceberá
a diferença entre amor e compaixão.
compaixão é quando você permanece porque ainda
tem sol lá fora, tem cama arrumada, tem café da manhã
tem riso alto e encantamento
porque ainda tem uma porção de coisas
que te trazem à tona e te fazem querer ficar.

onde dorme o amor

só que amor não é somente o sol
bradando da janela
nem o café quente e o conforto da sua cama
não
é quando você percebe que, mesmo estando
com a casa em perfeito estado,
seu coração ainda está de cabeça pra baixo
esperando o momento exato de partir.

você vai embora porque entenderá a sutil diferença entre
tentar limpar todos os móveis pra salvar o cômodo
e mudar todos eles de lugar
pra repaginar o lar.

porque lar é uma pessoa, não um lugar.

você vai embora porque saberá
que palpitação alguma é sinal de que
o amor veio pra você.
porque, quando ele vem, o único órgão que tremula
é o corpo da solidão andando mais depressa de você.

você vai embora porque perceberá que
existe uma enorme diferença entre suas
pernas bambearem
e seu coração ficar manso como as águas do Pacífico
e é aí, nessa constatação frívola de como o amor
age na camada mais densa de nós
que tentará outros caminhos,
agora sozinha.

textos cruéis demais para serem lidos rapidamente

você vai embora e não vai doer, porque
o que doía era não saber
não saber que horas ele chegava
se sabia das feridas e cicatrizes que você
trazia com tanto afinco
se sabia que você se desmanchava todos os dias.

porque era tudo, menos amor
era medo de perder, era esperança de ficar,
era revolta e nervosismo por cada palavra
proferida erradamente,
era ferida e cicatriz, era fome e sede ao mesmo tempo,
era mágoa e rancor
às vezes perdão
menos amor. que não sustenta duas pessoas, é verdade,
mas faz enxergar com clareza o caminho à frente.

você vai embora porque amor
pouco tem a ver com a respiração mais rápida
com os pulmões mais tardios
com a pressa de querer conhecer a todo vapor.
porque ele tem a ver, quase sempre,
com a boca silenciosa e os olhos marejados pelo afeto
com seu coração não saltar pra fora,
mas sim ficar aí dentro, tão quentinho,
que nada o tira do lugar.
com você sendo e estando tão completa,
que ar algum faltará na hora de experimentar alguém
entrando na sua vida
construindo um templo
fazendo o que o mar faz do céu à noite:
uma perfeita e introspectiva sintonia
para a paz de um dia seguinte.

onde dorme o amor

solo

não te empurrei porta afora
mas precisava reconhecer meus limites
porque a cada dia que passava
você delimitava espaços maiores pra si
e eu perdia áreas dentro de mim
até que te vi dominando minha superfície
e quando eu tentava me recuperar
você vinha reivindicando
com argumentos fajutos, até cruéis,
as tuas terras.

*mas não existe
nunca existiu
contrato que me prenda a você.*

o amor não é um negócio
e o meu peito nunca foi sua propriedade.

onde dorme o amor

encruzilhada

você vai querer ter sido melhor
quando perceber que as suas mentiras
fizeram coisas cruéis comigo,
mas que a pior consequência
foi você quem colheu
ao olhar pro lado
e não me encontrar mais ali.

onde dorme o amor

morte em vida

a morte de quem se ama é sempre difícil.
a princípio, só dói.
você conserva lembranças que machucam:
lembra dos olhos, hábitos,
do jeito que o cabelo caía no rosto,
do que ela gostava de fazer antes de dormir.
dos livros favoritos. dos filmes, músicas
que cantarolava por aí quando estava feliz.
de todos os momentos juntos.

a dor demora dias, meses, anos
até a lembrança se transformar em uma saudade boa,
em uma sensação de abraço
ainda que os corpos nunca mais se toquem.

um término é a morte em vida
e também dói, machuca, dilacera.

textos cruéis demais para serem lidos rapidamente

talvez doa mais porque se poderia tocar a pessoa,
talvez ela ainda more perto de você
e há uns meses vocês estivessem rindo
e sentindo como se o fim nunca fosse chegar.
mas chegou.
e quando chegou, você manteve as lembranças
do último jantar juntos, da última risada, da bebida
favorita.
de como ela te fazia sentir.

a diferença é que você sabe que se trata de uma escolha,
seja de ambos ou de um só.
você sabe que poderiam estar próximos.
talvez ainda se amem.
quem sabe queiram largar tudo
e se encontrar naquele cinema hoje mesmo
ou arranjar uma desculpa qualquer pra se ver,
porque chegaram no ponto
em que precisam de desculpas pra isso.
mas vocês não vão.
porque a relação morreu.

infelizmente o amor não basta.
e o fim dói.

mas é uma dor que também passa,
ainda que não pareça.

e você vai querer o bem dele,
e que tenha um futuro incrível pela frente.
que faça planos e experimente novos sabores de café,
sozinho ou não.

onde dorme o amor

que conquiste algumas das coisas que mais desejava
nos tempos em que estiveram juntos.

você vai entender que ciclos terminam
e que não é possível forçar um recomeço
quando não tem mais como dar certo.

e vai aceitar sem se sentir mais tão mal pela perda.

hoje, talvez, você ainda não saiba
mas o seu destino, não importa o tipo de morte que vivenciou,
sempre será seguir.

onde dorme o amor

os nossos lugares

mãe,
sempre quis te dizer como me doeu toda vez
que você não me enxergou de verdade
e só viu projeções de outras pessoas.
como foi difícil ter que te afirmar,
apesar de toda a minha insegurança,
que eu não seria capaz de realizar as expectativas
que você depositou em mim
que eu teria que seguir meu próprio caminho
fazendo minhas escolhas, *só minhas*
ainda que muito diferentes das que você esperava.

eu quis te contar, mãe
que eu estava crescendo e fazia parte de crescer
a sua dificuldade de segurar nas minhas mãos e dizer:

> *vai, filha, eu te aceito assim, como você é.*
> *não precisa mudar nada pra me satisfazer.*

textos cruéis demais para serem lidos rapidamente

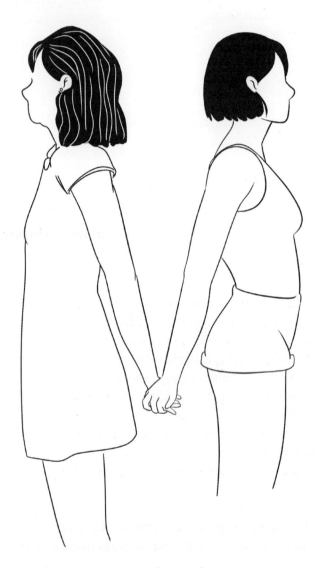

mesmo hoje, tantos anos depois de notar
que eu não era mais aquela criancinha que tinha medo do mundo
esse processo não terminou e nunca termina

onde dorme o amor

porque estamos sempre crescendo de um jeito ou de outro
– tanto eu quanto você –
engolindo as mágoas que a vida apresenta
e larga na porta dos nossos corações
famintos por aceitação
a aceitação que eu tanto quis de você
e que naquele momento você não pôde me dar.

a verdade, mãe
é que a gente precisou da distância pra conseguir
enxergar mais do que queríamos uma da outra.
foi com a proximidade pós-distância que você
conseguiu me olhar e me ver
pura e simplesmente
como sou
e eu pude olhar pros seus olhos e ver
resistente
sobrevivente
ainda que à sua maneira tão diferente da minha:
você.

foi quando notamos que éramos diferentes
e que, por isso mesmo, ainda tínhamos tanto pra
aprender uma com a outra
que nos descobrimos mais próximas do que nunca
e nos colocamos no nosso lugar
único
simples
e honesto
de mãe e filha.

onde dorme o amor

prece

à noite
quando não tem ninguém acordado
cresço meus ouvidos pra dentro do meu coração
e tento ouvir o quanto de você ainda o habita

ele sussurra, a cada batimento,
estou te deixando
estou te deixando
estou te deixando

até que meus olhos se fecham
com esse mantra noturno
– que pode não ser verdade –
que no fim me conforta:
é meu coração te acenando, no ápice da solidão,
não preciso mais de você
não preciso mais de você
não preciso mais de você

e durmo.

onde dorme o amor

milagre

todas as vezes que acordou desejando que se
arrependessem do jeito que te olham porque
você é diferente
todas as noites em que se deitou desejando que vissem
deus como você
(eles o veem nas guerras e contam que a dor
é consequência das suas próprias ambições.
você vê deus na bandeira branca que freia o dedo
no gatilho)

as cicatrizes que deixaram aparecem
mais do que você gostaria
as roupas não escondem o que foi marcado na alma
e, ainda que não sangre mais,
ainda que a carne podre tenha se recuperado,
a memória está aí
e nem a cabeça cheia depois de um dia corrido
te impede de recordar
e nem um dia corrido e um corpo cansado te impedem

onde dorme o amor

de deitar na cama e ainda ter tempo pra pensar e relembrar
e sentir de novo.
é cansativo viver tentando organizar o que deixaram
é triste pensar que amanhã tudo deverá ser arrumado
outra vez
porque todos os dias os olhares
as palavras ásperas
te atingem
e ainda que tenha suas verdades concretas
elas absolvem a todos
menos a você.
você abre a porta de casa e se vê
cansada
caída
cortada
e acredita que a culpa é sua
que os danos em si são culpa sua
que as críticas fazem sentido
e ainda assim, quando sai e dá de cara com esse mundo
brutal,
você deixa vazar luz por cada uma das suas crateras.
e ainda assim, você nasce todos os dias
como o sol
mais forte
mais luminosa.
e ainda assim
você ama
como se o peito de quem te recebesse
não fosse de cacos de vidro
mas você é a liga
e você não se importa de se doar.
você é diferente
porque é o milagre de todos que toca.

onde dorme o amor

miragem

estou desmobiliando a casa
ainda guardo seus livros na estante
os que eram meus favoritos também.
a sua escova de dentes está no banheiro
mas, agora, dentro da caixa embaixo da pia
com tudo que a gente não usava.
deletei as músicas
esvaziei a pasta de filmes
e apaguei você da lista de coisas que eu gostaria
de ter no futuro.

estou desabrigando as memórias.
quase não me lembro da sua camiseta quando nos
conhecemos
era uma camiseta ou um moletom?
estávamos em qual estação?
lembro de um feixe de sol porque seus olhos estavam
semicerrados
ou era por causa do farol alto de algum carro que passava?

textos cruéis demais para serem lidos rapidamente

sempre disse que não temos nenhum tipo de poder
sobre o que sentimos por alguém.
o amor descomunal que sentimos por uma pessoa,
é ela própria quem constrói.
você, pouco a pouco, se construiu em mim
e quando percebi, já havia dado terreno o bastante pro
gigante que você se tornou.

você era altruísta
gentil
amável
e o espaço era cada vez maior
e você era cada vez mais bonito
a estátua mais linda no centro da cidade do meu peito

e, tão de repente quanto se construiu, vi você desabar
tão pouco a pouco quanto se construiu, você caía
e, então, era indelicado
desleal
hostil.

estou me desocupando de você
limpando as ruínas que deixou
pra me construir aqui
no centro do meu peito
a estátua mais linda que essa cidade já viu.

onde dorme o amor

agora inteira

me quebrei pra (tentar) caber nos moldes
que você me impunha
mas eles sempre foram pequenos demais.
me espremia em busca de um canto em que coubesse
mas nunca era o suficiente:
nunca bastava.
e, pra me ajustar melhor, fui retirando de mim
pedaços importantes.
minha autopreservação, meu cuidado comigo
meu jeito carinhoso de me enxergar
parte da minha alegria
tudo pelo caminho
até que sobrasse pouco de quem eu era e de quem
eu queria ser.
pra você, aqueles retalhos de mim foram o suficiente
mas eu sentia saudade do que fui um dia
e do que nunca tive chance de me tornar
desde que abdiquei de mim
pra tentar ter você.

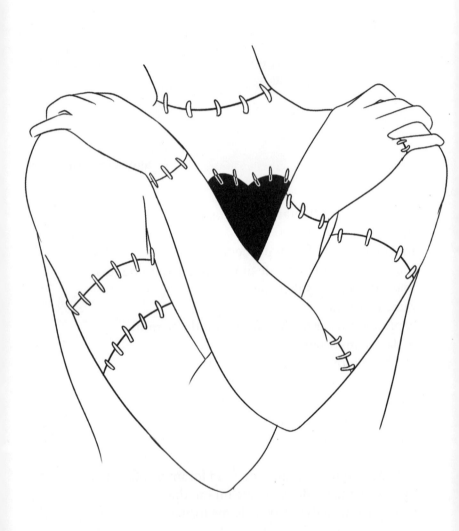

onde dorme o amor

percebi que precisava recuperar aquelas partes
ainda que, pra isso, precisasse te dar adeus.
entendi que sua alma não era extensão da minha
e nem me fazia bem.
você foi uma manifestação da minha carência
alguém a quem eu tinha me apegado, por escolha
e por isso agora tinha tanta dificuldade de soltar.

foi então que eu te disse adeus
com lágrimas nos olhos e o coração pesado.
e doeu
doeu muito, doeu tanto
tudo
mas, pouco a pouco,
fui de novo encaixando em mim
todos aqueles sentimentos que eu até então desconhecia
fazendo da alma mais do que pedaços.

sem você me transformei
gradativamente
e com esforço
em uma mulher absolutamente inteira.

onde dorme o amor

regeneração

você vai passar por muitos fins.

amizades. relacionamentos. ideias. hábitos.

por vezes, vai olhar pra trás e se questionar sobre como
era uma pessoa completamente diferente.
vai abandonar crenças
entender que nem sempre tudo sai como você espera –
e não há nada de errado nisso.
novos destinos, mesmo que diferentes dos esperados,
podem ser surpreendentes
e surpreendentemente te ensinar muito
sobre a vida
e sobre você.

será difícil lidar com surpresas
com as despedidas que independem da sua vontade
e os fins que deixam marcas
podem te deixar com medo de mais uma entrega.

textos cruéis demais para serem lidos rapidamente

haverá dias em que você não terá forças pra se lembrar
de que o momento ruim é passageiro, como todos
os outros
e só vai dormir e agir como se não sentisse nada
porque acreditará que dias melhores estão tão
tão distantes
que talvez você não consiga sequer atravessar as pontes
que precisa pra encontrá-los mais uma vez.

mas de alguma forma você usará sua resistência pra seguir
toda
porque é isso que aprendeu a fazer ao longo da sua vida:
seguir, tentar, errar, perder, chorar
quebrar a cara.
errar de novo.
vivenciar uma conquista inesperada.
tentar mais. perder mais.
cair e achar que suas pernas não têm mais força pra se
levantar.
se ver novamente de pé.

você seguirá, sim
lidando com cada um desses passos na sua trajetória
à sua própria maneira
até redescobrir o caminho que imaginava extinto
em direção aos momentos melhores que ainda estarão
por lá
te esperando
ansiosamente.

onde dorme o amor

erro

meu maior erro foi esquecer que eu não poderia
te oferecer nenhum pedaço
sem que antes
sozinha
me fizesse inteira.

onde dorme o amor

calça jeans

que susto será pra você me encontrar grande e maduro
com os braços abertos, sabendo que amar é deixar ir.
que tudo que é nosso um dia volta, nem que seja pra
dar adeus e nunca mais. que susto será pra você me
encontrar realizado. com aquele jeans velho que você
detestava. com aquelas certezas que desafiavam o seu
poder sobre mim. eu ainda mantenho todas elas pra
que nunca me falte lucidez. porque amar também é ser
lúcido. pra ir embora. pra desatar o nó. pra abrir mão de
alguém que machucou e ir de encontro à única pessoa
que sempre esteve ali. eu mesmo.
que susto será pra você me enxergar pleno e confiante
dançando com a solidão sem que ela me doa.

que susto será compreender que a vida não só
andou depois de nós: ela saiu dançando.

e eu fui junto.

onde dorme o amor

perspectiva

eu sei que o caminho parece longo, mas o que não te
contaram é que até mesmo o mais curto é difícil. você
se sente pequena demais, mas os menores passam
por lugares onde os que se veem tão grandes não
conseguiriam passar.

sei que há um grande nevoeiro
à frente, mas existe uma porção de luz o derretendo.
seus olhos encontrarão uma saída.

onde dorme o amor

exatamente como sou

desde criança, eu preferia me fechar nos meus próprios
casulos
do que tentar me encolher
e caber nos que não eram feitos por mim
muito menos pra mim.

o tempo passou. cresci. mudei.
aprendi que ser mais fechada,
com os meus hábitos e manias e gostos,
não me fazia melhor nem pior
do que os que me olhavam torto.
eu era apenas diferente. *e sou.*

hoje, continuo sendo de poucos amigos
mas agora, pros meus poucos
não tenho vergonha nenhuma de me expor
exatamente como sou

textos cruéis demais para serem lidos rapidamente

porque sei que eles vão entender, aceitar, gostar.
agora falo de mim mesma com amor.
e é por isso que eles também me amam.

onde dorme o amor

egoísmo

eu me entreguei
como se você pudesse me salvar quando eu me atirasse
em abismos.
foi só depois que partiu
que entendi como fui egoísta por ter calculado a queda
muito antes do risco
sem sequer perceber que a única pessoa que poderia
recolher meus pedaços
e me fazer de novo inteira
era eu mesma.

onde dorme o amor

gorda e linda

eu odiava o meu corpo
minha barriga volumosa
meus seios pequenos
e as estrias que nasciam sem parar em meus braços,
pernas, bunda, barriga.

eu era gorda
e tudo me parecia grande demais
pra alguém que se sentia tão pequena
que caberia em qualquer canto.

não foi de um dia pro outro que a minha visão mudou
e deixei de buscar uma perfeição inalcançável.

eu mudei
e anos depois entendi que, mesmo que não mudasse,
eu ainda poderia me amar
tanto ou mais.

textos cruéis demais para serem lidos rapidamente

porque o meu corpo sempre foi lindo
e real
ao contrário do padrão que eu tanto procurava vestir
mas que nunca me serviu:
inexistente
e ilusório.

hoje
revisito a coragem, a determinação, a inteligência
escondidas atrás da insegurança
tão grande que só me deixava ver meus próprios
defeitos.
então me admiro
e me respeito

sempre.

onde dorme o amor

você não é objeto

quis tanto te ter
que não percebi que eu já era minha
e isso bastava.

onde dorme o amor

serenar

eu quis ser pra você
mais do que brisa que acalma
e bagunça os cabelos.

quis ser incêndio
fogo que consome tudo
e deixa cicatrizes pro resto da vida.

quis tanto
e com tanta intensidade
que acabei te machucando
e parti assim como você:
dilacerada.

senti o fim doer em nós
profunda e ininterruptamente
por segundos
horas
dias

textos cruéis demais para serem lidos rapidamente

meses
tempos aparentemente intermináveis
mas já terminados.

agora que o nosso amor se incendiou de vez
e se transformou em cinzas
eu, livre dele
aprendo a serenar
sozinha.

onde dorme o amor

ao meu eu do passado

quero te dizer que te admiro
que sei que você ainda não sabe muito da vida
que não gosta muito de si e que sente medo de se
mostrar ao mundo
por conta do que os outros poderiam pensar.
mas você é *incrível*
e ainda vai descobrir muita força dentro de si
força suficiente pra se reinventar
diariamente.

com o passar dos anos, você cresceu muito
aprendeu a se amar profundamente
conquistou amigos de verdade
traçou metas e conquistou objetivos.
você destruiu as pontes frágeis que tentavam te levar
a novos lugares
desconhecidos e únicos
e construiu novas estruturas, muito mais firmes.

textos cruéis demais para serem lidos rapidamente

foi assim que chegou a destinos inesperados
na companhia de pessoas que te admiram tanto, *tanto*
e refletem o que sente por si mesma.

sei que você ainda tem muito a fazer por aqui
sei que ainda tocará muitas outras pessoas
construirá novos universos particulares
e se envolverá em projetos que, agora, você nem sabe
que existirão.

você certamente ainda não sente o mesmo
mas daqui do futuro
o orgulho que sinto de você é imenso.

obrigada por ter persistido
ainda que nem sempre tivesse vontade de seguir
e ter se transformado em quem somos
hoje.

onde dorme o amor

insubordinação

você falou que eu não sou o suficiente

ser "o suficiente"
é corresponder a todas as suas expectativas
te obedecer
me subordinar?
se sim, fico feliz por ser
o mais "insuficiente" possível.

onde dorme o amor

fênix

todas as vezes que você queimou
as vezes que só restaram cinzas
as incontáveis vezes em que quase desistiu
as que desistiu
foram necessárias pra esse eu que você carrega

as vezes que ocupou seus vazios pra plantar em você
novas espécies
mais bonitas
todas elas foram necessárias pra essa sua versão
sensível às emoções alheias
e principalmente
às suas.

foram as chuvas que regaram as sementes
plantadas nos dias de sol.

onde dorme o amor

escritores

quando perguntarem o que você faz da vida
diga que escreve
e que coloca o mundo sobre seus ombros
pra que o deles seja um lugar
mais fácil de suportar.

onde dorme o amor

quem é você?

meu corpo é meu
pernas, braços, mãos, pés, barriga, peitos
da clavícula às pintas espalhadas pelo meu rosto
cada curva, cada gordura, cada celulite, cada estria
todos os pedaços.

me pertenço
única e exclusivamente
então, quem é você pra me dizer como ele deveria ser?

onde dorme o amor

maratona

há um raio de sol viajando a anos-luz daqui
derretendo, nesse canto do universo,
a geleira que impedia a sua visão
deixava-a turva.

há alguém do outro lado do mundo escrevendo
pra você não borrar as páginas
porque se sente desqualificada pro seu próprio sonho

arrisque tudo por uma breve possibilidade

se você olhar pra trás,
vai perceber que já se passaram milhares de milhas
você nunca esteve tão longe da largada
você nunca esteve tão forte.

do amor

todos os caminhos foram apenas atalhos
pro dia em que você me
recebeu e me fez entender
que nem todo mundo é ferida
alguns são cicatriz

premonição

a primeira vez que te vi
deus sussurrou no meu
ouvido
que você seria
a melhor e a pior coisa

que eu teria

o prazer de tocar e ser
tocado

onde dorme o amor

lego

137

você vai encontrar alguém que não precisará tentar,
como num lego, encaixar todas as cores e fazê-las
simétricas

porque ela será sua pessoa independente de.

o silêncio entre vocês não vai quebrar o vidro
não vai queimar o ar
não será constrangedor
não trará arrependimentos

o silêncio, pelo contrário, vai desenhar
uma história de afeto, e vocês conseguirão se tocar
sem o entrelaçar das mãos

textos cruéis demais para serem lidos rapidamente

mas quando as mãos se entrelaçarem

ah!
e vocês sentirem o suor um do outro
o corpo do outro sendo parte do seu
e o céu azulzinho benzendo todo o desejo ali colocado
é, é algo próximo à conexão.

você vai encontrar alguém que te olhará tão firme nos
olhos que suas pernas vão tremer e anunciar que
o carnaval ainda não acabou: tem alguém fazendo
do seu coração uma escola de samba

e você, como nunca antes, vai *querer ficar*
passar pela avenida toda, sem retroceder
vai querer sentir
cada arrepio,
cada veia saltando pra fora do corpo,
cada fresta de um sentimento que não nomeamos

e é tão bom

quando estamos próximos de uma conexão tão pura
e sincera com alguém, quando estamos tão próximos
de uma verdadeira compreensão mútua do amor ou
desejo, quando nada mais importa

e a gente não nomeia.

alguém que vai colocar sua mão sobre os ombros dela
e dizer que esteve te procurando por muito tempo,
em becos escuros e ruas sem saída e que, naquele dia,

onde dorme o amor

naquele dia em que vocês decidiram se esbarrar,
ela pulou o muro de uma casa pra avistar melhor o
caminho que viria pela frente
e ela te dirá que não teve medo do caminho quase
impossível, porque coisas impossíveis também são
passíveis de mudança.

alguém que vai te beijar tão suavemente a boca
que os anjos ao seu redor vão parar por um segundo pra
prestar atenção no movimento de duas pessoas
que estão prestes a conhecer tudo um sobre o outro

e a língua, percorrendo a pele
a sensação da intimidade navegando pelo estômago
e se transformando em adrenalina
o cérebro quando começa a perceber a chegada de
alguém novo,
alguém bom, alguém com vontade de ficar

e você vai querer ficar também
não vai fugir

vai se vestir do melhor que existe em seus gestos
na força em que diz as coisas
na maneira única de pronunciar sua poesia no mundo

e nesse dia, quando ele chegar
– e sem alarde, porque dias como estes vêm num sopro –
você vai agradecer
porque está vivo
porque se permitiu
porque deixou um corpo desconhecido
chegar e mudar o conceito da palavra intimidade.

onde dorme o amor

quando o amor encontra a cura

você foi a primeira pessoa a enxergar minha covardia de
perto. foi a primeira a sentir seu gosto. seu formato. eu nunca
tinha ido embora de alguém, tão franca e rapidamente,
como aconteceu com você. é que você era bom demais e
eu ficava me perguntando se merecia alguém bom demais.
constatei que sim, merecia. e depois veio a dúvida se para
além de ser bom demais, eu merecia alguém que enxergasse
em mim sentidos que eu não enxergava mais. e, sim, merecia.
aí que eu tive medo. no momento em que compreendi que
você me via com olhos claros e limpos. seus olhos, que eu
nunca tinha visto igual, nada diziam sobre beleza. falavam
sobre afeto. você me olhou com tanto cuidado que o céu
do Rio de Janeiro, em vez de ensolarar, resolveu chover.
ele queria regar nossa entrega imediata e cotidiana. você
me olhou com a calma que falta ao mundo inteiro e eu
me perguntava se merecia aquela calma. aquela. porque se
merecesse, então estaria pronto pra dar o passo seguinte.
e foi aí que resolvi voltar. resolvi colocar o pé no chão, os

textos cruéis demais para serem lidos rapidamente

olhos na realidade e o corpo no asfalto. foi aí que resolvi que talvez eu não merecesse. e até hoje não mereça. não porque eu não acredite que a felicidade deva me esquentar o peito ou me abraçar com imensidão. não porque eu não acredite que mereça desbravar o amor e o que ele é. não porque eu não acredite em outras vidas, porque até isso você trouxe sob os cílios. eu acredito, sim. eu acredito demais. mas o ponto de tudo era que eu não estava preparado pra mim mesmo. pra quando o peito palpita mais rápido porque tem algo crescendo dentro de nós e já não temos como correr. e eu queria correr. rápido. tão rápido que você não me veria nunca mais. porque algo em mim já não sabia discernir se era amor, desespero ou solidão. porque algo em mim, que crescia como a fome, já não sabia compreender onde é que eu terminava e onde é que você começava. e as vontades precisam ser esclarecidas. os sentimentos precisam ficar tão claros que, ao se perguntar se vale a pena, seu peito dá a mão à sua mente e, juntos, ambos respondem que sim, sem alarde.

e eu queria você sem alarde. não queria ter você como estava tendo: palpitação, pernas trêmulas, *meu deus, ele me respondeu.* eu queria a calma — assim como você carrega — de quem sabe a hora exata de se permitir abraçar alguém desconhecido e aceitar. eu não te aceitei porque não quis me aceitar. não quis me aceitar dependente. emocionalmente desesperado. apaixonadamente perdido. eu queria e quero, ao gostar de alguém, me sentir encontrado, no lugar certo, com o coração em paz. por isso corri. e continuo correndo. de você. que é tão bonito e, por ser bonito, viu coisas bonitas em mim também. você, que me apareceu numa fase onde eu não conseguiria suportar mais um vazio preso na pele.

onde dorme o amor

e que decidiu ser hora de me entregar ar fresco, pulmões novos e uma consciência. uma consciência de mim mesmo. eu não poderia aceitar você e aquilo que você é sendo tão incompleto. estando tão à mercê. porque eu não queria ser salvo. porque eu não queria ser curado. porque eu não queria alguém, como quis você, pra suprir algum espaço que ficou e eu não sabia como povoar. seria desonesto permanecer naquele lugar sabendo que você veio tão limpo e era tão livre. quando te vi pela primeira vez, quase te confundi com liberdade.

é dessa maneira que a gente sabe que encontrou alguém especial: quando esse alguém nos dá a efervescente sensação de movimento. quis sair correndo pela cidade quando te vi. quis dançar no elevador do prédio. colocar qualquer música dançante e certeira. dançaríamos pelo resto da eternidade. mas eu caí em mim. era eu que estava preso. que estou. e foi aí que você me conheceu. que eu te disse que precisava ir embora. não estava falando só de construir uma relação com você. te falava de uma covardia que sobe nos meus ombros e me alerta: *você ainda não está completo de si mesmo.* não estou. e não queria me juntar a esse caminho com você.

porque queria e quero ser inteiro. quero ser tão completo que qualquer pessoa que venha e me encontre nesta jornada entenda que ela acontece independente de existir ou não um céu azul lá fora. se existe música dançante ou não. se existe uma cidade inteira pra atearmos fogo ou apenas uma rua. se existe apenas nós, tentando qualquer coisa. tentando qualquer coisa que às vezes chamamos precipitadamente de amor. ou se alguém, também precipitadamente por amor, precisa ir embora. e vai.

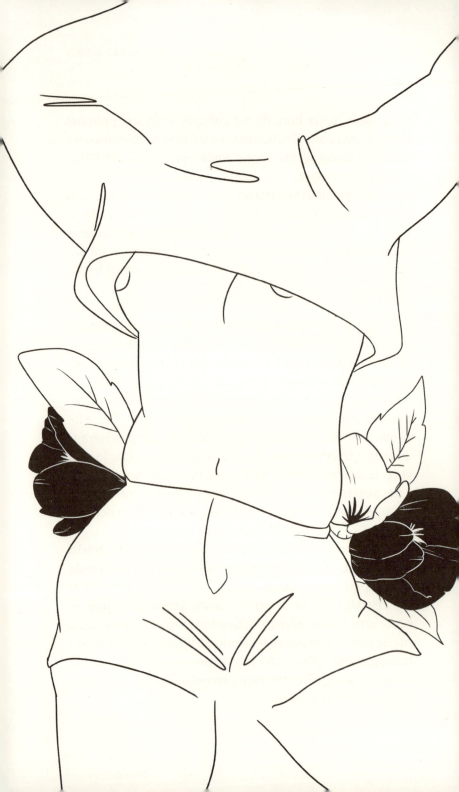

onde dorme o amor

autenticidade

você não precisa fazer silêncio
falar baixo
ser bem-comportada
se vestir de um jeito inocente

*não precisa mudar por ninguém
além de si*

quando ele chegar
te amará por quem você é
e não por uma versão inventada
feita pra tapar espaços.

onde dorme o amor

Curitiba

a falha das palavras está no fato de que às vezes elas não dão conta de mensurar aquilo que de fato sentimos. durante meu voo, e agora enquanto volto pra casa, fiquei tateando alguma coisa que fosse exatamente aquilo que eu queria dizer, e não consegui. não consigo arquitetar nada digno perto do que ontem eu e você vivemos, diante daquilo que construímos, de tudo que existiu e existe. eu tava bem nervoso pra te conhecer, mais porque queria saber se o homem sensível que você aparentava ser era real, do que qualquer outro motivo. enquanto tu ria pra mim e me mostrava que não se tratava só de sensibilidade, mas de quando a gente entende o outro e respeita sua essência, eu fiquei ainda mais inclinado a você. queria poder ter eternizado o momento em que deitei no seu peito e pude ouvir as batidas do seu coração, como se elas me lembrassem de que ainda vivo, de que vivemos. e que ali existia algo pra além de conexão. queria poder ter eternizado o momento em que te vi despido em todos os sentidos, do coração à pele, da fala à maneira como me escutava. sinto falta de alguém que me escute, e que me fale. obrigado por ser essa pessoa ontem, e por ter feito da minha noite uma das noites mais marcantes e sensíveis que pude experimentar ao longo da vida. eu não acredito em coincidência, também não sou muito da sorte, mas que bom que o universo nos permitiu o encontro e a redenção. que bom que o universo permitiu que estivéssemos lado a lado, presenciando um o momento mais frágil do outro: quando há a total e honesta entrega pra alguém, sem muitos pudores ou grandes inquietações. te agradeço por ter me permitido tocar em você, porque acho isso uma das experiências mais humanas e íntimas que alguém pode confidenciar à outra pessoa, por ter me deixado confortado na superfície do mundo, me aliviando a tensão de estar ali, completamente nu e frágil. se permitir estar verdadeiramente com alguém e em alguém tem a ver com a forma como nos deixamos ser tocados, e isso ultrapassa a realidade que estamos.

quando te falei sobre o que seria real, tava querendo dizer que as coisas podem não ser reais, mas o que fizemos ali era, foi. o que sentimos um pelo outro e tudo que veio à tona foi tão real, e é tão real, que não caberia em nenhuma definição dada de realidade. é uma loucura pensar que eu estava tão à vontade com você, que poderíamos ter criado sensações por dias e dias. é assim, acho, que identificamos a finalidade primeira de toda relação: que a intimidade e o silêncio entre os nossos olhares não nos causem espanto, mas sim harmonia. que nossos silêncios nos permitam o vácuo, mas que dentro, lá no fundo, nosso coração esteja sendo embalado pela mais incrível e incandescente paz.

onde dorme o amor

obrigado pela paz de hoje. por tanta coisa que senti e continuo sentindo, e que não me lembro de ter sentido de maneira tão ávida e sentimental em muito tempo. penso que a gente vai se achar e desachar durante a vida, mas que são nesses espaços, nesses micromovimentos, como o nosso num sábado frio da cidade de Curitiba, que a vida acontece e explode. que a gente respira aliviado pelo mundo não ser um lugar tão mau assim.

pelo chocolate, gentileza e afeto. por tudo que você me deu e não sabe. por tudo que ficou aqui e vai ficar pra sempre, eu te agradeço. por você ser tão único, e lindo e, sim, especial.

você é real e eu agradeço demais por isso.

onde dorme o amor

pra quando sangrar

é você quem me estende as mãos,
me segura no colo
e me fala que não vale sofrer assim

a vida já pesa muito
sem que a gente se destrua por isso, amor

você sempre esteve certo

então procuro respirar quando dói demais
e sua presença me acalma os medos desenfreados
quando você sussurra em meu ouvido
que me entende e está aqui
pra quando tudo for demais
pra quando sangrar.

você me ajuda a impedir
o meu colapso total

textos cruéis demais para serem lidos rapidamente

e como é bom poder dizer aos quatro cantos do mundo
que eu tenho alguém maravilhoso
ainda que a vida
me cause tantos estragos
grandes
mas nunca irremediáveis.

onde dorme o amor

autoajuda

eu costumava dizer que gostaria de encontrar alguém
que me salvasse

mas quando você chegou
não me poupou de dias nebulosos
e ainda houve dias de chuva
dias pesados
e você me olhava da janela e me chamava
e me fazia encontrar outra maneira de encarar o temporal.

eu me peguei do lado de dentro com você olhando mais
uma tempestade
por outro ângulo.

você me mostrou que
apesar de as pessoas incendiarem minha pele
e me queimarem com palavras ácidas

textos cruéis demais para serem lidos rapidamente

nas paredes do meu corpo eu tinha meus próprios
extintores

me ensinou
que eu poderia ser honesta de maneira que
em vez de inflamar
fosse como água benta
purificasse a alma
de quem eu atingisse

me fez ver que onde um dia me quebraram
nasceram galhos e folhas e flores
novas
e que havia novos pássaros
e novos ninhos

me mostrou que, apesar de tudo ser pesado demais,
eu tinha em meu corpo
todas as ferramentas que me faziam forte demais.

o que eu procurava o tempo todo
estava em mim mesma
e todas as coisas que eu buscava
na expectativa de ser salva
eram o que me mantinha
– apesar de fraturada e sangrando –
viva
e sentindo.

onde dorme o amor

caio

colocar a mão no peito
prender a respiração
observar você girando com um cigarro na mão
na outra, uma catuaba barata
colocar a mão na sua coxa
apertá-la contra a minha
pedir perdão a deus antes de consumar o ato
e ver você *correndo correndo correndo*

quem ama sempre está correndo
procurando algum ar pra recuperar

porque amar alguém é ir perdendo o ar cotidianamente
porque você está entregando a alguém algo que até então
era só seu
sua respiração mais concentrada
seu discurso mais inspirador
sua intimidade mais resguardada.

textos cruéis demais para serem lidos rapidamente

mas então você entrega
e você dá
e você não exige nada
e você corre também
e os dois correm uma maratona toda

quem vai ser o primeiro a desistir da corrida?

ele está correndo tanto quanto você
você corre aqui comigo
fazemos amor debaixo desse céu carioca
o cristo redentor está de costas pra nós dois
temos tudo a perder

mas você está dançando e a música continua
ela não para
você também não.

sei que te sinto dentro de mim
e que ninguém nos perdoaria
por tentar tão avidamente o amor
tentar o amor na forma mais honesta que há:

quando abro o peito, quando deixo ele ser abraçado
por outra pessoa

outra pessoa que pode estar suja
carregada do mundo
alimentada por trauma, ego, egoísmo, humanidade
mas que permito mesmo assim o toque
a boca na minha
a mão na intimidade que poucos tocaram

onde dorme o amor

na minha essência que não entreguei a muitos

agora você a tem.
pronto. cuida dela.
e continua correndo.
corre comigo. corre agora.
corre. corre antes que amanheça
e a cidade me entregue a agonia de precisar
me esconder.

de você eu não me escondo.

dedico a júlia rabêlo

onde dorme o amor

adrenalina

estamos tão acostumados a sermos deixados pra trás
que quando alguém bom entra pela porta da frente
das nossas vidas e diz que quer tentar alguma coisa
a gente recua e volta correndo pro quarto
chorando

a gente tem medo de quem traz felicidade
porque não sabemos lidar com ela

toma aqui, pega
e vai

abre os braços pro amor
que pode não ser o da sua vida pra sempre
mas será agora
e o que você tem, além do agora?
além desse amor, dessa pessoa
dessa sensação na barriga tarde da noite

textos cruéis demais para serem lidos rapidamente

dessa adrenalina que é, meu deus do céu, começar
a gostar de alguém
e ser gostado de volta

é disso que você pode se orgulhar:
de ter coragem
de dar a cara a tapa
de deixar sobre seu coração uma sensação gostosa
de quando a gente se sente confortável porque a outra
pessoa existe no mundo
e de não permitir que o medo de algo novo atravesse
o seu olhar

e é tão boa
essa sensação tomando conta de nós

onde dorme o amor

fazendo-nos quase como crianças: ela reparou
no seu cabelo, ele disse que seus olhos são bonitos,
você ganhou uma série de elogios, impressões e detalhes
que até então passariam despercebidos.

estranhos não conseguiriam decifrar o tamanho
que você é
como ela faz
e eu te pergunto: *medo do quê?*

o coração pode doer, sim. ele não está imune a isso.
o coração pode parar por uns segundos, também.
mas é a ordem natural da vida: ela rasga, remenda,
rasga e remenda.

o coração pode pulsar tanto que você pensará:
"é agora que ele sai de mim e não volta"
mas ele, tão esperto, volta sim.
porque ele, ou a sua alma, ou o seu corpo
são atestados de que você está sentindo
o melhor que pode
de que tem se rebelado contra o medo que às vezes deita
nos seus ombros
de que tem tentado (e é tão importante tentar!) não correr
da felicidade.

sabe isso que você está sentindo agora?
é um sinal de que está vivo,
de que seu sangue ainda dança nas suas veias,
de que seu corpo é capaz de fazer dormir o amor
de outra pessoa
sem que ele queira fugir

textos cruéis demais para serem lidos rapidamente

sim, você é capaz de amar
e de ser amado

e você merece.
por que não mereceria?

então não bata a porta pro amor
pra alguém que quer oferecer, talvez, fagulhas
que outras pessoas sequer tentaram

alguém que talvez, e só talvez,
queira lançar sobre você as sensações mais incríveis
que você nunca teve a oportunidade de sentir com
os que foram embora e perpetuaram algum trauma.

alguém que queira tentar, com você, ser melhor
ser alguma coisa
ser qualquer coisa

é o universo
te chamando pra dançar

é o universo te pegando pela mão
te fazendo conhecer cada espacinho da sua casa
que pode não ser a mais bonita ou estável
mas é o lugar onde o amor dorme
e ele não gosta de dormir sozinho.

onde dorme o amor

culto

presto atenção nos seus olhos apertados
nos dentes mordiscando o canto direito da boca
enquanto pensa alguma bobagem
presto atenção em você
se arrumando pra foto
o cabelo de lado

tento te conhecer
ocupo minhas células nervosas com seus trejeitos que
não podem ser escritos nas folhas deste caderno
porque as palavras não sabem contar
enquanto ocupo meu sistema com um sentimento que
não cabe no amor
é maior
melhor

você atravessa as minhas pupilas
e queima minha retina com sua luz

textos cruéis demais para serem lidos rapidamente

mais forte que mil sóis
a mais forte que já me atravessou
e cala todos os poetas que já disseram que o amor dói
enquanto sustenta coríntios dizendo que o amor tudo
suporta
e me serve de suporte pra depositar
tudo o que pende em mim
tudo o que bambeia
tudo o que eu ainda não sei ser.

te observo
construir em mim
o templo mais bonito que meus olhos já fotografaram
construído pra, mesmo no inverno, ser belo

você
é onde quero dobrar meus joelhos todas as noites
e depositar as minhas preces.

onde dorme o amor

descoberta

sem que eu precisasse te apontar meus defeitos
e qualidades, você foi me desvendando.
dia após dia permiti que me descobrisse porque,
depois de muito tempo sozinha, eu quis ficar.

te olhei por inteiro. vi toda a sua escuridão
medos, traumas, decepções, inseguranças.
vi de perto também a luz
talentos, a conversa agradável
carinho
as falas que me conquistaram aos poucos,
tão despretensiosas.

e depois de te conhecer tão bem fiz
do seu corpo o meu abrigo, sem que você me
pedisse pra permanecer. não precisava. a cada dia,
quero explorar seus cantos, todos os seus cômodos
desconhecidos.

textos cruéis demais para serem lidos rapidamente

e, daqui, espero que minha alma se torne seu repouso,
assim como a sua é pra mim.
que nos dias mais difíceis você perceba que,
comigo por perto, tem alguém pra dividir o peso
da vida
assim como sei, e sempre soube, que você estaria pronto
pra me escutar quando o meu mundo desabasse e eu
não pudesse mais
suportar.

porque o nosso amor é assim.
deixamos, um no outro, o nosso toque
a nossa marca.

enquanto guardo um tanto de você em mim
contigo deixo muito de tudo que fui, sou e serei.

onde dorme o amor

apogeu

vi uma mina de ouro no seu peito
e quis desbravar tudo em você
que me confessou a sua fragilidade
e, sem medo de me assustar, assumiu a possibilidade
de ruir.

não tenho medo dos seus escombros nas minhas costas
– eu corri uma maratona e nunca cheguei no final –
tenho os meus próprios pesos e sempre os suportei

       mas se você não é o prêmio
       que se perdeu em algum lugar
       é meu prêmio de consolação

e eu tenho certeza de que as nossas não-conquistas,
as coisas que deixamos de ganhar porque
o que se esperava não foi alcançado,
nem sempre são avaliadas pela mesma perspectiva.

*eu te olho e tenho certeza de que perder
é uma questão de ponto de vista
e daqui
deste ponto em que minha vista te enxerga
você é melhor que qualquer pódio*

o ponto mais alto da vida não se mede em metros
porque agora eu experimento todas as boas sensações
que a existência proporciona
e esse é o lugar mais alto em que eu poderia chegar.

moda brega

eu queria gritar seu nome e dizer que você me impregnou com uma espécie de sentimento que hoje, na janta, me fez colocar mais comida no seu prato. eu nunca fui essa pessoa que se renega e ainda não aprendi a lidar com essa minha fé na estrela cadente que passou há alguns dias no céu e me fez involuntariamente pedir que você tivesse paz. eu poderia pedir você pra mim e até isso seria menos eu. preciso de tanto e pedi que *você* tivesse paz. isso poderia ser uma história desses programas bregas. e talvez por isso eu esteja nervosa. porque não é uma história brega. porque chamam de amor essa coisa que me faz ficar ouvindo você cantar atrás da porta porque acho o seu timbre de voz, que nem sei dizer qual é, tão bonito. porque eu usaria aquelas camisetas de casal e me perderia na feira só pra perguntar de você usando a blusa como referência. porque eu escreveria com pétalas na cama: *eu amo você.*

onde dorme o amor

estrela cadente

eu digo que gosto de olhar o céu esperando que estrelas
cadentes passem por nossa atmosfera
e você me compara às estrelas.

você diz que sou sempre seu pedido
e eu sorrio porque você compensa
toda a minha falta de fé.

eu me sinto um meteoro invadindo o seu não-espaço
para, então, me incendiar

e eu incendeio sempre que me percebo invadindo você.

onde dorme o amor

caminho inédito

quero trilhar pelo seu corpo
todos os caminhos por onde ninguém andou
porque preferiram os mais fáceis.

onde dorme o amor

imensidão

você é tudo o que gosta sobre você.
é também o que não gosta
e tudo o que ainda nem se deu conta.

você é o jeito que arruma o cabelo
quando alguém te olha
e a forma como atravessa as ruas por aí

    paciente, calma, impulsiva, apressada.

você é o jeito que chora: quieta, controlando a garganta
que deseja gritar, ou livre.
e eu não sei se evita chorar
por odiar a sensação que isso te causa
ou se gosta de tirar de si tudo que te incomoda
através das lágrimas,

mas você é também o que sente sobre o choro.

textos cruéis demais para serem lidos rapidamente

você é o jeito que ama:
calada,
sem demonstrar ou dizer muito
ou totalmente exposta,
escrevendo pra quem ama, declarando o que sente
a todo momento

quem sabe até um meio-termo entre ambos.

é também o jeito que se dedica ao que acredita,
quando realmente acredita.
tenta até o fim, até que não existam mais chances
ou desiste depois de um ou outro obstáculo.
você é o que ama estudar, os filmes que se tornaram
os seus preferidos, os livros que tanto te ensinaram
e enfeitam as prateleiras do seu quarto.
é também pedaços de quem amou um dia,
pessoas que mudaram um pouco a sua forma
de ver o mundo, de enxergar a si
e de enxergar também os outros.

você é momentos da infância que já nem se lembra,
que marcaram o seu jeito de agir no futuro,
a sua forma de fazer determinadas escolhas.

e todas as conversas que um dia te tocaram
e que você passou horas e horas repassando na cabeça.

é tudo isso e tanto mais
que, com as palavras disponíveis no dicionário
eu não seria capaz de explicar.

o que posso dizer é que você é assim, desse jeito:
infinita.

um lugar num mundo inóspito

às vezes sinto que não há espaço no mundo
pra nós dois
mas aqui, dentro de mim,
eu compensaria todo esse chão
que não te abriga
em lugar nenhum
e abraçaria até a parte mais mundana
de você.

onde dorme o amor

Karen

da primeira vez que te ouvi chorar,
você conversava com deus sobre não saber
se conseguiria dar conta de nós dois

e eu sempre disse a todos à minha volta que você
era uma das mulheres mais fortes que eu conhecia

você chorava em pé, andando
e eu sempre quis colocar sua coragem nos meus ombros
e desbravar o mundo

não sei se o fiz.

quando foi assaltada
eu fiquei em choque vendo a cena acontecer
mas seus olhos equilibraram a calma e o pavor de tentar
nos proteger e eu soube:

textos cruéis demais para serem lidos rapidamente

tratava-se de quando você ama tanto alguém
que daria sua vida por ele

ainda, quando os pais saíram de casa
e o silêncio ficou entre nós
– porque nunca fomos bons com as palavras
direcionadas um ao outro –
você mesmo assim me manteve perto do jardim
pra que eu nunca fugisse ou quisesse ir atrás de outras coisas
que não o conforto de ter um lar, mesmo que sem
as figuras das pessoas que nos colocaram no mundo

eu *vi*: não era só uma mulher sendo incrível
forte e extremamente ciente do que precisava ser feito
era alguém que compreendia
o laço de sangue que nos unia
e mais do que isso
alguém que decidiu que nenhum laço nos sufocaria
a ponto de termos de abandonar um ao outro

porque você me aceitou
e abraçou todas as minhas fragilidades
e não fez delas um motivo pra me expulsar
das suas veias.

hoje
quando você chora escondida
entre seu quarto e o banheiro
me eximindo de saber qual dor dança nos seus olhos

onde dorme o amor

eu só peço ao universo

que em mim doa o dobro
e que nela nasça a esperança
de um amanhecer melhor.

no meu sangue
você tem renascido também.

onde dorme o amor

tudo aquilo que eu nunca te disse

as palavras sempre morriam na minha boca
nas nossas conversas
elas nunca fizeram morada nos seus ouvidos
só buscaram abrigo num canto escuro do meu peito.

eu quis dizer

obrigada por ter me dado tudo que eu precisava
eu jamais seria a mesma sem você
sinto orgulho de tudo que já fez por mim

mas nunca disse

todas as vezes que escutei o seu *eu te amo*
retribuí
com um *eu também.*

na próxima conversa eu poderia falar que cresci
mas não precisa se preocupar

estou aprendendo a me cuidar
mas nunca me esqueço de você
porque eu te amo.

também poderia deixar de pronunciar todas as palavras
mas, pai,
o meu olhar
tão parecido com o seu
falaria por mim
tudo aquilo que eu queria te dizer.

onde dorme o amor

além do amor romântico

por muitas vezes senti o amor

quando corri para a orla da faculdade e, sozinha,
admirei o sol se pôr em todos os seus tons quentes,
tão feliz por ver esse espetáculo da natureza.

quando, num dia comum
minha sobrinha me disse um *eu te amo* inesperado
porque a declaração de uma criança
é sempre a mais pura e honesta possível

e quando minha mãe, depois de um passeio qualquer,
me agradeceu pelos momentos juntas
e disse que me amava.

ela nunca vai saber a importância
desse gesto na minha vida.

textos cruéis demais para serem lidos rapidamente

senti quando meu pai me perguntou
se estava tudo bem
porque ele se importava – e muito –
com a minha felicidade.
e eu talvez não tenha demonstrado, mas me tocou
e ainda me lembro
e, só por ter acontecido, já me faz melhor
em momentos tristes.

senti quando o meu gato passou a cabeça pela minha
barriga, pedindo carinho
miou quando me viu chegar
e se aconchegou ao meu lado

e quando saí do trabalho
e minha tia disse que estava *tudo bem*
porque oportunidades melhores viriam,
e realmente vieram.

senti o amor quando meu tio, tão quieto e reservado,
pegou na minha mão e disse: *estou com você,*
e eu soube que não estaria sozinha
nas crises de ansiedade
que me tiravam o sono e me faziam tremer na cama
com medo de situações que eu nem sabia ao certo quais
eram.

senti quando minha irmã me disse:
pode ficar na minha casa
se precisar, se isso te fizer sentir melhor
quando eu mal aguentava o peso das minhas pernas.

onde dorme o amor

eu o vi de perto
quando uma amiga mudou seu dia
só pra me encontrar
tomar café e falar da vida
pra que, dividindo as nossas dores,
elas já não parecessem tão pesadas

e quando um amigo me presenteou com um livro,
sem motivo especial
só porque sabia que eu o leria
e ele tornaria os dias mais felizes

porque é isso que as boas histórias fazem.

continuo sentindo o amor diariamente nos pequenos
momentos, nos pequenos detalhes
muito além do romântico e tradicional
e sou grata por todos esses dias
pelos conselhos
pela ajuda das pessoas maravilhosas que me rodeiam
e até pelos tantos pôres do sol que ainda não vi,
mas verei.

sinto o amor agora
ao escrever este texto e me lembrar de tudo isso
e meu coração se acalma por saber
que ainda vou presenciar tantas demonstrações tão
bonitas
únicas
sempre diferentes de pessoa pra pessoa.

textos cruéis demais para serem lidos rapidamente

desejo que eu continue sendo capaz de enxergá-lo
em todos os pequenos detalhes
no sorriso da minha sobrinha
no abraço de despedida da minha mãe
no sol que se esconde todos os dias, com todo o seu brilho
nos cafés com pessoas especiais
e nos dias sempre carinhosos com meu pai.

só agradeço

por ter experimentado tantos tipos de amores
e cada um deles ter sido assim, como foi
indescritível.

onde dorme o amor

Cecília

ela era só uma criança
quando descobriu que alguém
que deveria debruçar sobre ela todo o amor do mundo
reduziu seu valor a nada
propôs que não deveria viver.

lembro que ela chorava
reclamava da coluna torta
dos ombros largos
dos dedos dos pés
e no final salientava
se olhava no espelho e gritava
culpa do homem que me fez

e eu olhava
e a via tão bonita

mas nossos olhos estavam em lugares diferentes:
ela mirava na ferida
e eu em tudo o que ela havia construído ao redor.

onde dorme o amor

casual

você coloca sua roupa mais bonita
escolhe minuciosamente o perfume que melhor
veste seu pescoço
testa milhares de vezes a maneira como vai chegar
à casa dele
ensaia como será o primeiro oi
e já planeja como sua boca dirá
o último adeus antes de sair
pela porta e nunca mais voltar.

você atravessa a cidade inteira numa quarta-feira
de clássico entre os principais times
enquanto chove sem parar
e o trânsito dificulta as coisas para a sua ansiedade.

você incha o peito e a expectativa
como será o beijo e o toque
o sexo e a vontade de saciar
alguma coisa próxima à solidão.

você arquiteta como vai se portar
se será mais comedido ou engraçado
se parecerá mais ansioso
ou se a respiração ficará mansa e branda.

você pensa se conseguirá mostrar completamente
aquilo que é ou se estará ali só pra satisfazer
uma necessidade básica.

(e como fica a necessidade básica que todos nós temos
de sermos compreendidos?)

onde dorme o amor

você por um instante pensa em voltar atrás
voltar pra casa e ficar sozinho
tentando não cair no triste jogo que é tentar
unir sua pele à pele de outra pessoa
sem ao menos saber se ela já foi arranhada
e quantas cicatrizes tem.

você por um instante pensa se não estaria
sendo só mais um corpo
e se vale a pena, no fim das contas,
ser só mais uma maneira de satisfação
quando poderia ser um caminho
pro amor ou algo assim.

mas você vai

ainda que no meio disso tudo
tenha se dado conta de que virá embora
da mesma maneira
que está indo: *vazio.*

onde dorme o amor

Paraná

diz que não importa
que o tempo não importa
e que a chuva torrencial dos dias amenos não importa
que o calor excruciante não importa
que o medo a desesperança a tristeza e o luto
que eles não importam

e que a distância entre o meu corpo e o seu
entre minha ânsia e a sua
meu desejo e a sua paz
teu perdão e a minha fé
minha crença e a sua descrença
entre minha boca e o céu da sua
diz que não importa
que nada importa

e que os milhares de quilômetros
a falta, a ausência
os domingos vazios

textos cruéis demais para serem lidos rapidamente

e a porta que não abre
as segundas-feiras sem sentido,
com os pensamentos mais sonolentos e a saudade aguda
e as terças monótonas
as quartas sem futebol e sem nada
as quintas que não chegaram porque você não estava
e as sextas que me convidam pra sair
os sábados e os domingos, em círculos viciosos
e que não têm teu nome
– nada disso importa.

diz que não importam as viagens que farei no ano que vem
e a minha fome do mundo, das fronteiras geográficas
de fugir de tudo, de todos,
do que pede de mim coragem
diz que coragem aqui é o de menos
que coragem não é nada perto do amor
e que o amor é tudo
tudo que sempre sonhamos ter
e agora temos.

diz que não importa quanto tempo vai passar
até que a gente se encontre novamente
pra tentar de novo, novas formas de se preencher
um ao outro

diz que não importa se minha aparência se transformar
em uma visão que seus olhos nunca viram
diz que não importa se eu mudar as certezas
a maneira como falo, meu gosto por cinema
e se tudo mudar
— meu paladar, meus livros favoritos

onde dorme o amor

a vontade de ficar
porque agora eu quero

ficar.

diz que não importa meu cabelo ter crescido
os pelos, os músculos, as orações
e que não importa também se hoje sinto receio
de você, de nós, de tudo isso.

você chegou tão despretensiosamente na minha vida
que já não sei se consigo ficar aqui
enquanto você está aí.

diz que não importa
quanto tempo toda essa loucura vai levar
até que a gente consiga olhar um no olho do outro
e agradecer
porque estaremos novamente
frente a frente.

diz que não importa a distância
as horas que nos separam
e separam seus braços cercando meu pescoço
sua mão na minha todos os dias
tudo o que não temos fisicamente
e tudo o que conseguimos recriar.

diz que não importa
se o amor às vezes habita
corpos distantes
separados pela vida

textos cruéis demais para serem lidos rapidamente

mas os une
na mesma medida
e conexão

diz.

onde dorme o amor

axé

as mãos pretas e cheias de calos do meu pai
denunciam o que a história faz questão de apagar:
existem corpos que foram vestidos pela escravidão
e deram à luz outros corpos
que vieram depois e estão aqui

com a cor
a cara e a coragem de lutar
erguer a voz e morrer.

não são só vítimas do país
como cria e herança dele
são filhos que, dizimados aos montes,
têm uma única alternativa: *resistir.*

as mãos do meu pai, pretas e cheias de calos
denunciam sua jornada de trabalho

textos cruéis demais para serem lidos rapidamente

acorda às sete da manhã
o dia inteiro fora de casa
aprende a fazer do próprio corpo uma fortaleza
imensa e autossuficiente: produz, de seu suor,
toda força que precisará pelo resto do dia.
volta lá pelas sete da noite
e o corpo, cansado, segue respirando
sem fardos sobressaltados
porque soube, há muito tempo, que essa seria
a única alternativa.

ele criou o próprio caminho
da Bahia de Todos os Santos
até a cidade de São Paulo
e enterrou com ele todos os sonhos que lhe foram roubados
pelos chicotes que vieram antes e tentaram calar a voz e
o corpo
pelas surras diárias e pela fome que morou em sua boca
por tanto tempo.
a fome pro meu pai é eufemismo
e por causa dela estou aqui.

meu pai não aguentou somente a fome que escalava
seu corpo e sua boca, como também o calor quente do
trabalho e o suor tomando conta de seus pensamentos
afogando-os sobre o que vem depois

qual comida será colocada na mesa
qual grito, e de quem, será calado
com as horas que ele entrega ao Estado e à vida.

onde dorme o amor

a história vestiu meu pai de desigualdade
e hoje ele trabalha três vezes mais pra que eu
consiga andar normalmente pela cidade sem me sentir
marginalizado.
ele me entrega esperança nos olhos
quando chega cansado em casa e ainda tem
a capacidade de me sorrir e perguntar se está tudo bem.
a voz dele, ainda que depois da exaustão,
consegue ser mais suave que todas as rosas do bairro
e a verdade dele, ainda que depois de 300 anos de
escravidão, *continua intacta e insubmissa.*

meu pai aprendeu a dizer não
quando escolheu continuar sendo
o que a história o presenteou a ser

NEGRO

e há muitos como ele
e muitas também:

as que voltam pra casa depois de uma jornada de
trabalho que suga o espírito e a sanidade
mas que ainda conseguem sorrir e se dedicar aos filhos

as que deixam as crianças em casa e vão trabalhar
por honra à própria vida
e honra à história de continuar fazendo de tudo
pra manter seu povo forte, vivo e saudável

aqueles que não se entregam, mas permanecem lutando
na tarefa de ser a ponte pra um futuro ainda mais
escuro e lindo

textos cruéis demais para serem lidos rapidamente

e plantam as sementes
colocando na boca dos seus irmãos a história
de luta e resistência
nem que pra isso seja preciso morrer
e se tornar parte daquele corpo
que dá à luz outros
que virão mais fortes
e com mais fome
agora não de comida,
mas de justiça
e de uma roupa que não a roupa da escravidão.

ode ao meu pai e à Marielle Franco

onde dorme o amor

questões de desamor

o que você faz com esse amor
quando grita meu nome tão alto
que o prédio inteiro ouve a sua raiva?

quando alguém fala de mim
e você não me defende
mesmo sabendo a verdade
a meu respeito?

textos cruéis demais para serem lidos rapidamente

onde vai parar esse amor
quando a casa pega fogo
e você não lembra que durmo
ao seu lado
e corre sem me acordar
do meu sono pesado?

quando você não me ajuda
a escapar da solidão
mesmo sabendo
que minhas pernas falham
quando eu corro

quando a sua companhia
é a própria solidão.

o que vira esse amor
quando a sua palavra
pesa mais do que a sua mão
no meu rosto

quando seu olhar
é tão furioso e devastador
que um furacão
me deixaria menos destruída

o que é esse amor
quando ele não sabe
o que é o amor?

o que é esse amor
quando ele não sabe amar?

o que é esse amor
quando ele deixa de ser?

onde dorme o amor

companhia

saudade é esse sentimento
que te obriga a inventar cidades
construir pontes
imaginar cenários
recriar pessoas
pra preencher seu coração e
não deixá-lo dançar sozinho no meio da rua
pra não deixá-lo ir aos lugares
sem nenhuma companhia dentro dele.

onde dorme o amor

o adeus

existirá um adeus

talvez
depois do fim
você conheça outras pessoas
não tão apaixonadas por livros e animais
um pouco menos determinadas e carinhosas
do que eu

talvez você encontre calor em outros beijos
conforto em outros abraços
consolo em outros conselhos
até mais sólidos
do que os meus

mas de longe
de perto
de um jeito ou de outro
desejarei o melhor pra você.

textos cruéis demais para serem lidos rapidamente

sei que mesmo depois do fim
o seu coração vai bater de outro jeito
numa batida mais desritmada
pela lembrança das emoções que causei.

na minha pele
estarão as marcas do seu toque
e talvez um pouco do seu cheiro
ainda que só eu consiga senti-lo.

amo estar contigo
mas já não tenho medo da perda
porque ela me lembrará que um dia você esteve aqui
e fez de você
um pouco de mim.

onde dorme o amor

redenção

me ensinaram que gostar de você era pecado,
só que desse eu nunca me libertei.
e se libertação é desobrigar-se de algo
talvez eu nunca consiga.

porque te amar nunca foi uma obrigação.

onde dorme o amor

mudança de hábitos

corto o cabelo
aparo a barba
cresço os músculos, a pele
mudo minhas roupas,
deixo que elas tragam cor aos meus dias
pinto as unhas

tudo o que como é saudável
vou à praia todos os dias
deixo o sol beijar meu corpo
e torná-lo dourado, como o teu

estudo filosofia e todos os teus
pensadores favoritos
faço silêncio e deixo você falar
por horas
dias
semanas

textos cruéis demais para serem lidos rapidamente

faço tudo
tudo o que quiser

me diz o que preciso mudar pra que
uma outra versão de mim
faça você querer ficar
uma versão de mim que faça você não ir embora
e me deixar sozinho aqui
nessa parte do caminho que você não quis morar.

onde dorme o amor

abandono

por que sinto tanta pressa
se você está no mesmo lugar
e permanece me acenando com as mãos
me dizendo pra ir até você, sem medo?

por que sinto tanta pressa
e aperto no peito
como se você fosse sumir ou me abandonar de repente
como se fosse tão surreal que eu não seria merecedor
de percorrer o caminho tão digno que
é o caminho do amor?

por que sinto tanta pressa em ser amado
e preciso da sensação segura de que você
não me abandonará na manhã seguinte
ou no próximo mês
ou quem sabe me deixará aqui,
percorrendo essa maratona
tão cheio de mim e com tão pouco de nós?

textos cruéis demais para serem lidos rapidamente

por que sinto tanta pressa em ser abandonado
em sentir que você deixará uma marca em mim e sumirá
sem saber que seu DNA atravessou o meu
e agora mora no espaço que existe entre meu sangue
e minha pele?

por que sinto tanta palpitação só de pensar
em ser tão pequeno e frágil
que o único movimento capaz de sanar tudo
seria o de você me virando as costas
quando eu estivesse prestes a te tocar?

por que sinto tanta pressa em passar
por esse caminho
se sei que no final
você me deixa
e eu me deixo
e tudo termina como sempre?

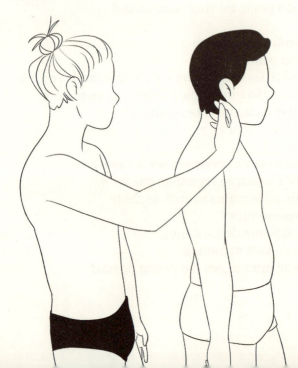

onde dorme o amor

sem título II

estou entre a cruz e a espada
esperando que você me chute pra fora da sua vida
sem explicação alguma
como quem está na beirada da despedida antes mesmo
de sentir o que é amar.

onde dorme o amor

por Botafogo

você se pergunta
o que fiz de errado?
na noite passada ele disse que me achava interessante
mas depois do sexo nenhuma mensagem
ou contato que pudesse fazer de nós pessoas próximas
pontes pra um outro lugar que não o da indiferença.

o que eu falei que causou estranhamento?
você se pergunta
porque na noite passada ele colocou
as mãos nas suas costas
passou a língua por lugares que
até então estavam escondidos
em que você não sabia que poderia sentir
o elixir do prazer.

e depois nenhuma consideração,
nenhum pedido de desculpas por isso ou aquilo
nenhuma palavra que trouxesse você à realidade

textos cruéis demais para serem lidos rapidamente

de que foi só um momento
nada mais

não teve a conversa, o tato ou o choque
de que você foi só mais um

mas você percebe, porque agora se sente o ser humano
mais deslocado no seio do mundo
e nem os braços da sua mãe seguram
o soco que é a ausência dele

nem os lugares mais confortáveis da casa dão conta
de dialogar com os vazios que se arquitetaram
nos seus ombros

muito menos os dias seguintes serão capazes
de carregar o peso e o fardo da sensação de abandono
que circundará sua pele toda vez que pensar
o que fiz de errado?

você se pergunta o que fez ou disse
ele falou que você era tão especial que poderiam
passar semanas e quem sabe anos na mesma posição
desconfortável, mas olhando um para o outro.

ele te envolveu em fantasias tão incríveis que seus olhos
não verão o mundo real tão cedo
ele te abraçou sem pedir força ou interação
só paz.

e depois de ter te colocado em um quase sonho
tudo o que resta na sua cabeça são os gestos
e movimentos que você poderia ter feito e não fez

onde dorme o amor

os discursos que poderia ter feito enquanto vocês
falavam sobre Cuba
as encenações pra captar o sorriso que, nele,
se transforma em sinônimo de celebração

ou a maneira sutil de
talvez
(e o talvez é o que mais dói)
tê-lo encantado a ponto de deixá-lo
com alguma parte sua.

e você se pergunta se durante toda a noite
pelo menos uma parte sua ficou estagnada
na memória dele
e se ele vai se lembrar do cheiro da sua pele
da forma como olhava em seus olhos
encarando-o como uma obra de arte intocável

será que ele vai guardar a memória
de mim olhando pra ele
e colocando a mão em seu rosto pra extrair um pouco mais
de afetividade
conexão emocional

você se pergunta no dia seguinte
o que será que ele viu em mim
pra me levar à casa dele
despir meu corpo e minhas amarras
colocar sobre mim tanto afeto e ternura.
o que será que ele enxergou no meu corpo
destoante e desengonçado

textos cruéis demais para serem lidos rapidamente

o que será que o fez perceber
agilidade nos meus braços
ou beleza nas minhas mãos

qual é o meu problema?
você se questiona
porque não acredita que alguém possa gostar de você
ou querer te dar o prazer que o mundo te rouba.

você se questiona se o motivo pra que ele não
ligue seja sua expansividade ao falar
de si mesmo ou a sua fome exagerada:
do mundo
das pessoas, das coisas
da vida.

se ele não ligou ou não disse um oi
porque se dissesse estaria confirmando interesse
e interesse, a essa altura da vida, é cafona demais
e ele não quer ser cafona.

se ele não ligou pra não parecer afetado demais
ou por parecer afetado de menos
se ele não respondeu sua mensagem porque
está trabalhando muito
se trabalho e conveniência dão as mãos
e te empurram pra escanteio
se todas as desculpas pra não
ter você novamente são tão
plausíveis que argumento nenhum
seria ou é
capaz de destruí-los
e ele não quer ter o trabalho
de explicar

onde dorme o amor

por qual razão usou seu corpo
e depois o descartou.

o que é que ele viu em mim?
atravessa sua mente como um trem desgovernado
atinge o ápice da sua insegurança
anda de mãos dadas com vários abandonos que já
dormiram com você em noites sonolentas e obscuras
pega na sua mão e te guia pra pensamentos
ainda piores sobre si mesmo
por que ele pediu pra que eu não parasse?
por que ele pediu pra que eu continuasse dentro dele?

e de um dia pro outro
do dia em que o prazer foi nossa terceira perna
pro dia em que você me entrega a indiferença
choro e perco o fôlego
e volto a me questionar
por quê?
por que me sinto tão insuficiente?

você se pergunta
o que é que fez de errado
qual cicatriz do seu corpo o afastou
qual pensamento incitou nele uma rejeição

você se pergunta
por que se sente sempre tão descartável
como se cada parte de você fosse tão
dispensável que nem pro dia seguinte servisse

você faz tantas perguntas

textos cruéis demais para serem lidos rapidamente

e nenhuma mensagem pra respondê-las
nenhum sinal de que existirá a ponte pra qualquer
outro sentimento além da indiferença
nenhum choque de realidade que te acorde
do sonho em que ele criou e colocou você.

tantas perguntas
e a resposta ainda não veio
e não virá nunca.

onde dorme o amor

sobre telefones que não tocam

você sempre acha que será a pessoa do dia seguinte
até se dar conta de que não.

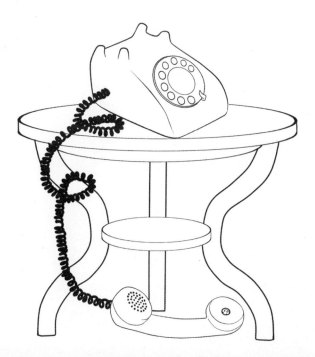

onde dorme o amor

desarmônico

não posso te amar da maneira mais pura e plena
sem antes ter esse amor por mim mesma
não porque a falta de amor próprio deixa
que você me ame de qualquer jeito,
porque seu jeito doce de amar não me destrói,
mas não posso acreditar que você é honestamente
paciente comigo
se eu mesma me minimizo pela falta de equilíbrio e
agilidade.

não tenho nenhum papel
nenhum poema
nada
sempre apago tudo
porque acredito não ser boa o bastante
como você acreditaria?

textos cruéis demais para serem lidos rapidamente

não consigo acreditar que você me entende
se eu me questiono.
seus elogios talvez sejam mera conveniência
porque me olho no espelho e não gosto do que vejo.

as suas verdades são uma roupa que não me cabe
e não sei até onde posso ir respaldada pelo seu amor
mas sei o quanto isso pode ser perigoso pra nós.

queria ser médica
achava que quando a ciência não desse jeito
o amor daria
e eu tinha tanto pra oferecer às pessoas!

ainda acredito nisso
só que hoje eu entendo

      que o amor só dá um jeito em alguém
      se esse alguém o usar pra potencializar
        seu afeto por si mesmo.

nosso amor pode ser anestesia
mas não cura
e o efeito sempre passa.

preciso encarar o vazio do meu peito
e aceitar que ele tem exatamente a *minha* forma.

onde dorme o amor

fevereiro e março

como é possível você ter ido embora
num domingo de carnaval
mas meu coração ainda sambar
toda vez que ouço sua voz?

onde dorme o amor

pele, músculo, coração

depois de você,
comecei a acreditar que todos os outros eram apenas
detalhes pra algo maior que viria
e deitaria todos os meus medos em camas confortáveis
e lugares que poderiam me suportar.

os outros não teriam o tato que você teve pra domar
os meus leões internos.

eles não teriam a capacidade que suas mãos tiveram
de descobrir cada ferida que descansava na minha pele

porque eles sequer sabiam que elas existiam.

e você, mesmo sem saber, me desmanchou
e me fez experimentar uma pele limpa
sem poros sujos ou feitos de abandono

textos cruéis demais para serem lidos rapidamente

porque você a vestiu com a sua própria pele
e já não éramos dois
éramos um.

depois de você,
passei a crer que os outros homens pelos quais
me apaixonei foram apenas frestas pra uma luz
maior que viria e adentraria todos os cômodos
da minha casa
sala, cozinha, banheiro.

todos os lugares tinham o comprimento da sua luz
e o tamanho do seu sorriso
quando ele decidiu entrar em mim.

os outros não se importavam se eu tinha
muito ou pouco brilho
nem sequer lamentavam que, às vezes,
minha casa fosse um breu.

você também não se importou, é verdade
mas, mesmo assim, decidiu que me iluminar
seria o mais correto a fazer.

então, num sábado de carnaval, você me acendeu
os olhos, pra enxergar a vida de maneira clara e completa
a boca, pra que eu pudesse sentir o gosto macio do
mundo sobre mim
e as mãos, pra que eu pudesse tocar em tudo que
energiza e chama o ser humano pra dançar.

onde dorme o amor

depois de você,
passei a acreditar que todos os caminhos foram apenas
atalhos pro dia em que você me recebeu nos seus braços
e me fez entender

que nem todo mundo é ferida.
alguns são cicatriz.

você já veio costurado pelo tempo
e eu ainda precisava me curar.

os outros,
ao contrário de você, não saberiam como colocar
os pontos sobre a minha pele
nem teriam paciência pra rir das minhas metáforas
mal-feitas e do meu trejeito ao falar
mas você fez com que
eu tivesse calma
e flutuasse com as palavras

e foi aí que estabeleci conexão
entre meu coração que pulsava
e minhas mãos que escreviam.

depois de você
passei a acreditar que todos os outros foram apenas
demonstrações do que é gostar de alguém
porque o que você fez foi me mostrar que nenhum
gostar suportaria *a distância* e o *medo de perder*

textos cruéis demais para serem lidos rapidamente

e porque a paz de quando o outro bate a porta e vai embora
é um sinal de que o amor é crescido
e está a par de todas as condições.

os outros não saberiam colocar minha alma pra dormir
em dias mansos e serenos
nem tentariam reconquistar minha respiração num
momento de crise e pânico

e você faz isso só de me olhar nos olhos
e sussurrar que a vida é linda
por ter nos colocado lado a lado
e também porque é real
e não me nega sua existência
da maneira mais honesta possível

porque você chegou aqui sendo cicatriz,
enquanto eu era ferida

e por causa disso,
aceitou me segurar na queda que é começar
a perder o medo
a perder o ar
a perder tudo que veio antes e me fez tão mal
pra começar a sentir outras sensações e sentimentos
ganhando forma e densidade

outras sensações me queimando o corpo

e dizendo a ele:

está tudo bem.
desse tipo de amor
você não morre.

onde dorme o amor

fragilidade

acontece sempre quando me abro um pouco mais.
quando digo: agora é o momento. quando preparo meu
coração, quando digo a ele que está na hora de inflamar.
acontece quando decido abrir os olhos e o peito. quando
já não tenho tanto medo a ponto de não tentar. aí é que
eu tento muito. tento com tanta força. e com a bravura
de quem, finalmente, vai encontrar algo. acontece
sempre quando estendo um pouco mais a pele. quando
recupero todo o fôlego que consigo. quando estou mais
forte e aparentemente curado. quando a cura em mim
já não é remédio, mas sim convencimento. quando
acho que consigo receber a pancada. o golpe. o soco no
estômago. a notícia ruim.

acontece e eu vejo que não.
nunca estarei preparado. minhas pernas, trêmulas,
também não. e a respiração pesando os olhos, a cabeça,
o corpo. tudo me diz que não aguento.

textos cruéis demais para serem lidos rapidamente

não fui feito pra aguentar.

e confesso, depois de me preparar com tanto afinco pro
amor: não consigo. não assim. não com alguém indo
e voltando na mesma medida que diz me amar.

não assim.
quando vejo de tudo, menos amor.

acontece sempre. quando abro o coração um pouco
mais.

onde dorme o amor

crenças inerentes

construímos nosso amor numa curva da morte.
algumas coisas estão mesmo predestinadas a dar
errado.
e não é que o amor nos deixe cegos e nos faça
apostar tudo em um jogo que sabemos
que vamos perder. é que ele nos faz ter fé. eu tive
fé em nós. acreditei que todas as pendências um
dia seriam supridas. que teríamos algo saudável
e bonito. algo como nas histórias em que duas
pessoas completamente diferentes se apaixonam
e, depois dos contras, algum pró as junta.
mas não tem como evitar. na curva da morte,
enquanto um saía e o outro voltava, trombamos
em nós mesmos e nos destruímos.
o amor não é tudo, é o que dizem.
onde o construímos também importa.

o amor não é um acidente.
ninguém deve sair ferido.

onde dorme o amor

apartamento 411

da sacada do meu prédio
sua presença é o único raio solar que não avisto
suas pequenas mãos são o único lugar
em que não posso me projetar
seus olhos guiando meus passos
são o caminho que não tenho
e não me atreveria a inventar.

desde que você foi embora
meus olhos fitam o vazio, imaginando
o quanto de luz tem entrado pela cicatriz do seu peito
e pra qual casa você tem levado
seu corpo cansado
quais camas têm amortecido
a queda que é estar longe do que
deixamos aqui, das palavras trocadas com gratidão
do beijo nas costas que entregamos um ao outro
e do amor.

textos cruéis demais para serem lidos rapidamente

da sacada do meu prédio
a única petição que faço é pra que o universo
proteja sua pele dos arranhões de ser tão impermanente
porque você não tem culpa de ter nascido livre e nu

e eu desejo:
que ele saiba que o amei com todas as forças
que existiam em mim e eu mal enxergava
até você chegar e descobrir nos meus olhos uma força
de amar alguém tão rapidamente
tão grande
que o tempo não seria parâmetro
pois não caberia na metáfora.

eu gostei de você tão rápido que microssegundo algum
poderia capturar o momento em que
meus olhos vestiram os seus com paixão
e, a partir daquele encontro, nossas vidas
foram marcadas pra sempre.

olho pela janela e não enxergo nada.
o café da mesa vai esfriando e me contando de você,
que foi embora.
a cama, perto da parede onde seu corpo dobrou o meu,
também nada diz sobre a noite em que contamos
as estrelas e as nomeamos com os nossos nomes
preferidos pra possíveis filhas.

tudo tem perdido um pouco de você

do carnaval até a páscoa
meu coração desinchou seis centímetros

onde dorme o amor

e meu sorriso ganhou uma forma triste.
nada me toca demais e nenhum outro entrou em mim
com ternura e cuidado
nenhuma mão como a sua consolou a minha entrega
e nenhuma fé na humanidade resgatou minha vontade
de absorver o mesmo ar que você respirou.

do parapeito da janela tão distraidamente
ainda tento captar o gesto
e o momento exato em que a luz
pousou nos seus ombros e fez deles uma escada
pro seu rosto
pra que eu visse que você não só era bonito
como também era um desses caras que não vou
encontrar em trinta, cinquenta anos
e que nem quero, porque encontrar pessoas especiais
requer do nosso instinto um senso de proteção
e nós, humanos, nunca sabemos como proteger.

confundimos proteção com posse
e às vezes ferimos por querer demais

e eu não te queria
não assim
não como quem respira o mesmo ar e sente graça
no movimento.
eu queria que você tivesse o seu respirar e eu o meu
e nós dois existíssemos na mesma frequência e emoção.

a casa tem perdido tudo que você deixou aqui
os móveis não sentem mais seu sangue correndo quente
por onde suas mãos experimentaram o gosto das minhas

textos cruéis demais para serem lidos rapidamente

quando você deslizou os pés por entre os meus
e nos agachamos pra observar a estranheza
que é duas pessoas
que acabaram de se conhecer,
dizendo tantas palavras com a pupila
dos olhos.

no banheiro do apartamento,
quando me abaixei pra sentir seu cheiro
e me certificar de que aquela fração do tempo
era real e resistiria aos piores dias depois-de-você

mas não está resistindo
não está
já não consigo me lembrar da sua luz
misturada à luz do sol na janela da sala
e minha mente já não viaja tentando
acertar qual altura você tem
e se seus olhos eram azuis ou de um verde muito escuro
se sua barba começava e terminava no rosto
ou se terminava no pescoço
pra depois ir pro começo do peito e pro fim de tudo.

ME DIZ, ME DIZ COMO EU FAÇO PRA GRAVAR VOCÊ

porque você foi tão bom e rápido
que às vezes penso que vou te esquecer completamente
mas ao mesmo tempo não

que pessoas especiais entram na nossa vida
no momento mais caótico
e nos apresentam um mundo
e uma nova maneira de tocar

onde dorme o amor

de enxergar
e de experimentar
a sensação poderosa que é gostar

e depois, quando o gostar já não se espalha só pelo corpo
como também adentra os objetos de casa
as facas, garfos, os lençóis da cama, a cama
e os pés da cama
e depois o espelho do banheiro
e a televisão de casa
e o sofá em que você deita tão despretensiosamente.

o gostar está em tudo
[e você esteve] em tudo.

você não percebe
só se dá conta quando finalmente ele vai embora
vai levando as malas consigo
vai carregando tudo que construíram
as memórias ternas e afetuosas
os diálogos sobre o preço do pão
por que no seu estado chove mais do que no meu?
os planos de se ver daqui a um tempo.

sinto seu cheiro no vento
suas fotos ainda estão no meu celular
estou naquele momento de decidir se excluo
ou se deixo e me permito recordar da pessoa
incandescente e cheia de luz que você foi.
se passo as tardes no parapeito da janela
respirando um pouco mais de você,
pra te manter por perto
ou se finalmente te deixo ir de tudo
se te deixo ir de mim.

onde dorme o amor

sobre ir embora

como posso tentar amar outra pessoa
se o único gosto que provei do amor
tem a textura da sua língua
o cheiro do seu pescoço
e o calor das suas mãos?

alguns dias você sentirá seu peito em dormência. você encontrará uma zona prazerosa que não vai demandar nada de você, nenhum gasto de energia, nenhum esboço de afeto, nem de raiva, nem de amor. você se perceberá seguro, porque não sentir nada também é não doer, e isso é convidativo. mas outros dias, sem que você tenha nenhuma pretensão, o amor despertará. ele vai chegar roubando a cena e dará um baile em seu peito – no mesmo espaço em que você se encolhe de medo e descansa das guerras, você perceberá que também pode festejar. e então o amor vai te chamar pra dançar e te ensinará novos ritmos. e você perceberá seu corpo fazendo movimentos que nunca pensou que fosse capaz e produzindo formas de amor que nunca imaginou tocar.

o amor despertará em você, e então você perceberá que não nasceu pra outra coisa senão amar.
você não vai querer fazer outra coisa senão amar.

www.textoscrueisdemais.com
facebook.com/textoscrueisdemais
instagram.com/textoscrueisdemais
youtube.com/textoscrueisdemais
twitter.com/textoscrueis

Igor Pires | escritor | IG: @heyaigu

a essa altura do campeonato, escrever me possibilita contar histórias sobre pessoas que amei, derrubar os altares que pra elas eu construí, eternizá-las e me eternizar. e que privilégio incrível é poder receber uma missão tão linda. que bênção é sentir que estou documentando uma parte minúscula, mas poderosa, da vida das pessoas — e da minha também.

Gabriela Barreira | designer
IG: @gabsbarreira

hoje, participar da TCD deixou de ser estranho e passou a ser desafiador. fazer parte de um projeto literário sendo designer, e não escritora, faz com que meu trabalho tenha que se conectar ainda mais com a escrita, com os autores e, o mais importante, com nosso público. entrando em contato com esses processos, essas pessoas e essas emoções, cresço como profissional e como pessoa a cada dia.

Letícia Nazareth | escritora
IG: @leticianazareth_

desde que comecei a escrever na TCD, me descobri muito maior do que eu pensava ser. com o olhar e a delicadeza dos leitores, aprendi a não só olhar as feridas: passei a conhecer e cuidar de cada uma delas até que, aos pouquinhos, deixassem de doer. é uma honra saber que posso ajudar outros com histórias tão minhas mas que, a partir do momento em que são escritas, passam a ser de todos.

Malu Moreira | escritora
IG: @maluhmo

gosto muito de uma frase de Kafka que diz: "apenas deveríamos ler os livros que nos picam e nos mordem". a TCD tem exatamente isso. quando eu era apenas uma leitora do projeto, ela foi um cutucão na costela que me acordou pra vida. é uma lisonja saber que hoje faço parte desse compilado de textos tão vivos e crus que picam e mordem tantas outras pessoas.